華語文化教材系列

外國人必學
商務華語 下
BUSINESS CHINESE

國立臺中教育大學國際華語文教材教法研究室團隊　編著

序

　　臺灣在世界舞台上的地位愈來愈重要，我們與世界各地的商務貿易日益密切，從事商務活動的外籍人士對於增進華語溝通的需求量大幅增加，師生對於商務華語教科書的需求量也大增。2012年，配合教育部的精緻師資培育計畫，在臺中教育大學楊思偉校長的積極鼓勵之下，我們團隊夥伴們努力不懈地每週聚會、商討，研發了適合中高級商務華語學習者使用的《全球商務華語》，由臺灣知識庫公司於2013年11月公開於APP Store上販售，供教學者與學習者下載。但是，由於當時尚無法人手一機使用iOS系統，普及率並不廣，於是，2018年6月由洪葉文化公司出版了《全球商務華語（一）》紙本教科書，獲得極大的好評。如今，我們研發的第二套教材《外國人必學商務華語》終於問世。

　　我們第一階段的教材《全球商務華語（一）》設計了新加坡派員到臺灣分公司擔任業務經理，有一系列的接風、考察、簽訂合約、商品驗貨與出貨等各類初階的商業交際活動。這次出版的教材，我們設計了來自德國，具有中高級華語溝通能力的實習生，進行參觀工廠、市場考察、產品銷售、廣告行銷、產品發表會、交易談判、顧客滿意度調查、糾紛處理、年終尾牙等進階的商業交際活動。本教材有15課，每一課都有情境會話、生詞、句型語法等主要課文，接著有牛刀小試——包含聽

力理解、詞語填空、情境對話、閱讀測驗、短文寫作等實用的能力測試，另外附有學以致用、文化錦囊的進階學習，是一本能讓學習者增加中高級商務華語詞彙、語法，並提升聽、說、讀、寫能力的優良商務華語教材。

感謝教育部提供專案研究經費的支持、感謝楊思偉校長對本研究的支持與鼓勵、感謝團隊夥伴們的絞盡腦汁與集思廣益、感謝語文教育學系蔡喬育主任努力使我們研發的成果付梓，也要感謝瑞蘭國際有限公司的編輯團隊使本書完美呈現，並順利發行。由於全書編寫過程中，每一課由不同的老師主筆，大家再合作進行討論，難免會有一些疏漏，或有未盡完美的瑕疵，深切期盼學界先進、同好讀者們不吝指正，俾利再版時修訂補漏。

劉瑩 謹誌

二〇二二年十二月　於國立臺中教育大學

如何使用本書

　　《外國人必學商務華語》上、下二書共15課，是一本能讓學習者增加中高級商務華語詞彙、語法，並提升聽、說、讀、寫能力的商務華語教材。

STEP 0「**掃描音檔 QR Code**」
在開始使用這本教材之前，別忘了先找到書封右下角的QR Code，拿出手機掃描，就能立即下載書中所有音檔喔！（請自行使用智慧型手機，下載喜歡的QR Code掃描器，更能有效偵測書中QR Code！）

如何掃描 QR Code 下載音檔

1. 以手機內建的相機或是掃描 QR Code 的 App 掃描封面的 QR Code。
2. 點選「雲端硬碟」的連結之後，進入音檔清單畫面，接著點選畫面右上角的「三個點」。
3. 點選「新增至『已加星號』專區」一欄，星星即會變成黃色或黑色，代表加入成功。
4. 開啟電腦，打開您的「雲端硬碟」網頁，點選左側欄位的「已加星號」。
5. 選擇該音檔資料夾，點滑鼠右鍵，選擇「下載」，即可將音檔存入電腦。

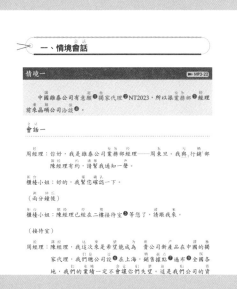

STEP 1「情境會話」

透過閱讀並聆聽擬真、實用的情境會話，學習者將能熟悉商務華語常用的表達方式。課文中適時提供的繁簡字對照、詞彙編號及句型編號，更方便閱讀、查找。

STEP 2「生詞」

從情境會話中挑出重點詞彙，標注詞性、國際通用的漢語拼音、英文解釋、日文解釋，並提供例句。本區塊的詞彙編號皆標注於情境會話中，不僅利於查詢，也可以單獨作為詞彙複習表使用。

STEP 3「句型語法」

挑選情境會話中的重點句型，以中、英、日文解說其使用方法，並提供例句，且附有「造句」欄，一舉扎下語法根基！

STEP 4「牛刀小試」

每課的牛刀小試，包含「聽力理解」、「詞語填空」、「情境對話」、「閱讀測驗」、「短文寫作」，讓學習者全方位提升「聽」、「說」、「讀」、「寫」能力。

四、牛刀小試

（一）聽力理解　　　　　　　　MP3-24

說明：在這個部分，你會聽到一句話和 (A) (B) (C) 三個選項，請從選項中找出一個合適的回應來完成對話。

1. （　）(A) 在帳布上。
　　　　　(B) 在硬幣上。
　　　　　(C) 在重鎮上。

2. （　）(A) 大約可以達到出口商的承諾。
　　　　　(B) 大約可以達到上一季的兩倍。
　　　　　(C) 大約可以達到抽取佣金的目的。

3. （　）(A) 好的，是上海分行。
　　　　　(B) 好的，是商討的結果。
　　　　　(C) 好的，是出口總金額。

STEP 5「學以致用」

延伸各課主題，將該課內容應用於實際的商務或生活中，讓學習者「立即學、馬上用」。

五、學以致用

信用審查

你曾經聽過信用審查嗎？信用審查是一套詳細記錄消費者歷次信用活動的登記查詢系統，作為社會信用體系的基礎。信用審查在公司與公司的合作之間通常代表著能否成功合作的關鍵。個人上的信用審查近幾年來也非常熱門。所以別忘了管理好自己的信用，以便日後與他人合作！

六、文化錦囊

不同國家的喝酒文化

很多國家在社交場合裡都有喝酒的文化。在生活上，三五好友聚在一起酒言歡，讓友情更濃厚；在職場上，同事下班後的聚會，點幾盤小菜和幾瓶啤酒來吃吃喝喝，在談笑中既能抒壓又能增進同事之間的感情。根據醫學研究報告指出，酒精會對人的大腦產生化學作用，讓人心情放鬆且感到愉悅，使表現在外的行為變得熱情而拉近人與人之間的距離，所以和客戶談生意時，在交際應酬的場合裡，桌上更是少不了酒來增加簽訂合約的成功率。

酒雖然是社交上不可或缺的東西，但是喝酒文化的規矩也會因國而異。例如在英國，如果朋友比你先到酒吧，讓他們先點酒是一種禮貌，但也不要喝到酩酊大醉就回家。在德國，週日早上喝酒聚會是常見的活動，而乾杯時，兩眼要彼此對看交會，否則你的性生活會不美滿。在俄羅斯，乾杯完後最好不把酒喝完，對方才會覺得你不禮貌。在日本，要幫旁邊的人倒酒，不可以只倒酒給自己，也不能拒絕對方為你乾杯。至於臺灣人通常聚在一起喝酒的習慣有：

1. 喜歡划酒拳來決定誰喝酒。

STEP 6「文化錦囊」

藉由短文，讓學習者開闊商務視野，思考文化異同，提升職場上多元文化教育知能。

詞性表（凡例）

n.	名詞
v.	動詞
phr.	片語
idiom	慣用語
prep.	介詞
adj.	形容詞
adv.	副詞
conj.	連接詞
M. (Measure)	量詞
P. (Particle)	助詞
S.V. (State Verb)	狀態動詞
clause	子句
Subj.	主語

目次

销
銷售代理

一、情境會話

^{会 话}

情境一 ▶▶ MP3-22

中國雄泰公司有意願❶獨家代理❷NT2023，所以派業務部❸經理前來晶碩公司洽談❹。

會話一

周經理：你好，我是雄泰公司業務部經理——周東旦。我與₁行銷[1]部陳經理有約，請幫我通知一聲。

櫃檯小姐：好的，我幫您確認一下。

（兩分鐘後）

櫃檯小姐：陳經理已經在二樓接待室❺等您了，請跟我來。

（接待室）

周經理：陳經理，我這次來是希望能成為 貴公司新產品在中國的獨家代理，我們總公司設❻在上海，銷售據點❼遍布❽全國各地，我們的業績一定不會讓你們失望。這是我們公司的資料，請您過目。

---

¹ 大陸用語：營銷

陳經理：我耳聞❾ 貴公司在銷售代理方面的成就❿，但是由於過去不曾與 貴公司合作，所以我們需要開會討論後再做決定。

周經理：這是當然的，歡迎對我們公司做信用審查⓫，您可以向中國銀行上海分行⓬查詢。

陳經理：請問您可以提供近兩年來與 貴公司合作的廠商名稱和電話嗎？

周經理：好的，我馬上打電話回公司，請祕書傳真給您。

陳經理：審查的時間大概一個星期，我們會跟您保持聯絡。

情境二　▶▶ MP3-23

中國雄泰公司通過信用審查，陳經理約周經理來公司洽談獨家代理的細節⓭。

會話二

陳經理：周經理， 貴公司如果成為我們公司NT2023的獨家代理，在協議⓮的有效期限⓯內，按約不容許⓰代理其它公司同類型的商品。

周經理：請您放心，這是基本規定，我們一定會遵守。

陳經理：請問你們要求多少佣金⓱？

周經理：我們通常抽取⑱百分之九。

陳經理：我覺得還算合理！你們能保證一年有多少出口額⑲呢？

周經理：根據我們過去的銷售經驗，平板電腦的年銷售總額約⑳兩億新臺幣，但由於　貴公司前一代的產品在中國非常受歡迎，所以我們向您保證銷售額可以達到三億新臺幣，希望　貴公司能與我們簽三年的合約。

陳經理：我相信　貴公司在銷售代理方面的能力，但是基於₂這是第一次合作，我們先簽兩年的合約，也希望　貴公司能保證銷售額㉑至少會達到每年兩億五千萬新臺幣，你認為如何？

周經理：我同意！本公司一定不會讓您失望！

陳經理：太好了！合約書擬㉒好後，會再跟你約時間簽約。

二、生詞

正體字　詞性　漢語拼音　英譯　日譯

❶ 意願　n.　yìyuàn　willing　望み、希望

例句 ▶ 他這一生從來都沒有做過違背父母意願的事情。

❷ 獨家代理　phr.　dújiā dàilǐ　act as exclusive agent (for the appointed merchandise, within the appointed region and time)　独占代理店

例句 ▶ 這個品牌來自德國，由我們公司獨家代理。

❸ 業務部　n.　yèwùbù　Business Department　事業部

例句 ▶ 我在這間公司擔任業務部的經理。

❹ 洽談　v.　qiàtán　to discuss (in business), to make arrangement with （ビジネスについて）話し合う

例句 ▶ 老闆親自和對方進行洽談。

❺ 接待室　n.　jiēdàishì　reception room, anteroom　応接室

例句 ▶ 請來賓先到接待室等候，稍後經理會出來迎接。

❻ 設　v.　shè　to set up　～を設ける

例句 ▶ 董事長決定將海外第一間分公司設在新加坡。

❼ 據點　n.　jùdiǎn　branch　拠点

例句 ▶ 我們公司在國外有非常多的營業據點，您可以上網查詢。

⑧ 遍布　**v.**　**biànbù**　to cover the whole area　行きわたる、（全地域に）
ある

例句▶ 華人人口數全球第一，**遍布**五大洲的 160 多個國家和地區。

⑨ 耳聞　**v.**　**ěrwén**　to hear of, to hear about　聞く

例句▶ **耳聞**不如眼見。

⑩ 成就　**n.**　**chéngjiù**　achievement　業績

例句▶ 他一直辛苦地努力工作，終於在事業上取得了卓越的**成就**。

⑪ 審查　**v.**　**shěnchá**　to examine, to censor　審査する

例句▶ 我們公司的產品通過國家機構**審查**，保證安全。

⑫ 分行　**n.**　**fēnháng**　branch　支店

例句▶ 總行和**分行**共享顧客資訊。

⑬ 細節　**n.**　**xìjié**　detail　細かい点

例句▶ 這份工作做起來不難，但有許多**細節**必須注意，所以需要細心的人才能
做好這份工作。

⑭ 協議　**n.**　**xiéyì**　agreement; protocol　協議

例句▶ 這對夫妻在離婚前，針對財產分配達成了**協議**。

⑮ 有效期限　**phr.**　**yǒuxiào qíxiàn**　expiration date　有効期限

例句▶ 明年將延長護照**有效期限**。

⑯ 容許 **v. róngxǔ** to permit 許容する

例句 ▶ 法律規定，不容許十八歲以下的青少年在深夜進出某些娛樂場所。

⑰ 佣金 **n. yòngjīn** commission 手数料、コミッション

例句 ▶ 他拿佣金替人介紹工作。

⑱ 抽取 **v. chōuqǔ** to extract; to draw (a commission) （手数料を）取る

例句 ▶ 房屋仲介替人買賣房屋，抽取成交價的一部分作為仲介費。

⑲ 出口額 **n. chūkǒué** amount of export 輸出額

例句 ▶ 這是各國出口額列表，數據來自於世界貿易組織的全球商品出口資料。

⑳ 約 **adv. yuē** about およそ

例句 ▶ 這種藥的藥效能持續約六個小時。

㉑ 銷售額 **n. xiāoshòué** turnover 売上金

例句 ▶ 臺中分店今日的銷售額是全臺灣所有門市中最高的。

㉒ 擬 **v. nǐ** to draft (a plan) 起草する、立案する

例句 ▶ 下週的演講我已經擬好了草稿，請你幫我看一下。

三、句型語法

1. N1 與 N2

說明：「與」是「和」、「跟」的書面語，經常用在正式場合。

Note: 'yǔ' is the written form of 'hé' and 'gēn'.

說明：「與」は、「和」,「跟」の書きことばであり、フォーマルな場合に用いられる。「～と」、「～と共に」。

例句：

（1）我與 貴公司業務經理有約。

（2）本公司的業務代表與客戶有約。

造句：

（1）＿＿＿＿＿＿＿＿＿＿＿＿＿＿＿＿＿＿＿＿＿＿＿。

（2）＿＿＿＿＿＿＿＿＿＿＿＿＿＿＿＿＿＿＿＿＿＿＿。

2. 基於 + N. phr. ，Subj.

　　說明：「基於」接的是後面句子描述行動所根據的理由。

　　Note: 'jīyú' means based on, which is followed by the reason of the action in
　　　　　the sentence.

　　說明：「基於」の後には、行動の根拠となる理由が置かれる。「～に
　　　　　よって」、「～に基づいて」、「～のため」。

　　例句：

　　（1）基於公司的信譽，我們必會如期交貨。

　　（2）基於顧客對公司的信賴，產品的品質必須嚴格把關。

　　造句：

　　（1）＿＿＿＿＿＿＿＿＿＿＿＿＿＿＿＿＿＿＿＿＿＿＿。

　　（2）＿＿＿＿＿＿＿＿＿＿＿＿＿＿＿＿＿＿＿＿＿＿＿。

四、牛刀小試^試

（一）聽力理解^听^解

說明：在這個部分，你會聽到一句話和（A）（B）（C）三個選項，
請從選項中找出一個合適的回應來完成對話。

1. （　） （A）在瓶身上。

　　　　 （B）在硬幣上。

　　　　 （C）在業績上。

2. （　） （A）大約可以達到出口商的承諾。

　　　　 （B）大約可以達到上一季的兩倍。

　　　　 （C）大約可以達到抽取佣金的目的。

3. （　） （A）好的，是上海分行。

　　　　 （B）好的，是商討的結果。

　　　　 （C）好的，是出口總金額。

（二）詞語填空

說明：請把框框內的詞彙填入適當的句子中。

審查	洽談	代理	容許	細節

1. 這個案子的 _____ 我們可以在會議上討論。

2. 我是公司派來與 貴公司 _____ 相關事宜的員工。

3. 我們 _____ 貴公司在此計畫上增加資金。

4. 廠商 _____ 的試用品可以今天送過來嗎？

5. 我們必須 _____ 貴公司的信用。

（三）情境對話
　　　　　　　对　话

說明：在這個部分，請根據對話內容，分別從以下四個選項中選擇
　　　最合適的回應來完成對話。

ㄅ. 待我詢問後，約三到四個工作天會給您答覆，謝謝！

ㄆ. 好的，謝謝，希望有機會與　貴公司合作！

ㄇ. 是的，我會將合約細節請祕書傳真給您。

ㄈ. 您過獎了，我只是盡我最大的努力做好每件事罷了。

---

1. A：協議的細節是否有修正過？

　　B：＿＿＿＿＿＿＿＿＿＿＿＿＿＿＿＿＿＿＿＿＿。

2. A：耳聞您在運動上的成就，今天能遇到您是我的榮幸。

　　B：＿＿＿＿＿＿＿＿＿＿＿＿＿＿＿＿＿＿＿＿＿。

3. A：您好，我想與　貴公司商討關於新商品完成的時間。

　　B：＿＿＿＿＿＿＿＿＿＿＿＿＿＿＿＿＿＿＿＿＿。

4. A：請容許我將我們公司的商品介紹拿給您。

　　B：＿＿＿＿＿＿＿＿＿＿＿＿＿＿＿＿＿＿＿＿＿。

．．．

说 请阅读 并 问题
說明：請閱讀以下短文，並回答問題。

愿 独 让 硕 气
代理商願意獨家代理 NT2023 的消息讓晶碩公司士氣大振，公
谈 经 赞誉 硕
司上下也對代表洽談的周經理讚譽有加。晶碩公司花在 NT2023 上
让 员 绷紧 经 长 诺 结 后
的精力和精神讓每位員工都繃緊神經，所以董事長承諾案子結束後
奖励员 员 愿 这个 尽
一定會好好獎勵員工，使公司每位員工都願意在這個案子上盡力。

经 与 谈 结
1. （　　） 周經理與代理商洽談的結果是？

決
（A）代理商決定代理

无
（B）代理商無法代理

弃
（C）代理商放棄代理

让 硕 员
2. （　　） NT2023 讓晶碩公司每位員工都？

开 讨厌
（A）很開心 （B）很討厭 （C）很辛苦

结 后 长 么
3. （　　） 案子結束後董事長最有可能做什麼事？

请员
（A）請員工加班

请员 饭
（B）請員工吃飯

请员 离开
（C）請員工離開

（五）短文寫作

。。

說明：請依以下提示，寫一篇約 150 字的短文。

　　有哪家廠商代理的產品讓你特別感興趣呢？並以它的特色或商標做簡單說明。

題目：

作文：

五、學以致用

信用審查

你曾經聽過信用審查嗎？信用審查是一套詳細記錄消費者歷次信用活動的登記查詢系統，作為社會信用體系的基礎。信用審查在公司與公司的合作之間通常代表著能否成功合作的關鍵。個人上的信用審查近幾年來也非常熱門。所以別忘了管理好自己的信用，以便日後與他人合作！

CREDIT SCORE

六、文化錦囊

不同國家的喝酒文化

很多國家在社交場合裡都有喝酒的文化。在生活上，三五好友聚在一起把酒言歡，讓友情更濃厚；在職場上，同事下班後的聚會，點幾盤小菜和幾罐啤酒來吃吃喝喝，在談笑中既能紓壓又能增進同事之間的感情。根據醫學研究報告指出，酒精會對人的大腦產生化學作用，讓人心情放鬆且感到愉悅，使表現在外的行為變得熱情而拉近人與人之間的距離，所以和客戶談生意時，在交際應酬的場合裡，桌上更是少不了酒來增加簽訂合約的成功率。

酒雖然是社會上不可或缺的東西，但是喝酒文化的規矩也會因國而異。例如在英國，如果朋友比你先到酒吧，讓他們先點餐是一種禮貌，但也不要沒喝到酒就回家。在德國，週日早上喝酒聚會是常見的活動，而乾杯時，兩眼要彼此對看交會，否則你的性生活會不美滿。在俄羅斯，乾杯完後如果不把酒喝完，對方會覺得你不禮貌。在日本，要幫旁邊的人倒酒，不可以只倒酒給自己，也不能拒絕對方向你乾杯。至於臺灣人通常聚在一起喝酒的習慣有：

1.喜歡划酒拳來決定誰喝酒。

2.敬酒乾杯向對方寒暄、感謝或祝福。

3.離席前通常會把酒喝完。

對臺灣人來說，當對方跟你敬酒乾杯時，用任何理由拒絕喝酒雖然會被認為是不給面子，但是隨著時空變遷，現代人對喝酒文化觀念有所改變，所以在當下真的無法喝酒回敬的話，以茶代酒也是能被接受的。

不同國家喝酒的文化都各有特色，不管習不習慣，只要入境隨俗，就是一種多元文化素養的表現。更重要的是，每個人喝酒前都要衡量自己的酒量和酒後的樣態，才能在不同的喝酒文化中保持良好的形象，而為了交通安全起見，「喝酒不開車，開車不喝酒」已經是各國喝酒文化的共識了。

四、牛刀小試(試)

(一)聽力理解(听解)

1. 這(这)個商品的有效期限標(标)在哪裡(里)?

2. 出口額(额)大概可以達(达)到多少金額(额)呢?

3. 可以在表格填上 貴(贵)公司所屬(属)的分行嗎(吗)?

參(参)考答案:1.(A) 2.(B) 3.(A)

(二)詞語(词语)填空

參(参)考答案:1.細節(细节) 2.洽談(谈) 3.容許(许) 4.代理 5.審(审)查

(三)情境對話(对话)

1. ㄇ.是的,我會將(会将)合約(约)細節請(细节请)祕書傳(书传)真給(给)您。

2. ㄈ.您過獎(过奖)了,我只是盡(尽)我最大的努力做好每件事罷(罢)了。

3. ㄅ.待我詢問後(询问后),約(约)三到四個(个)工作天會給(会给)您答覆(复),謝謝(谢谢)!

4. ㄆ.好的,謝謝(谢谢),希望有機會與(机会与)貴(贵)公司合作!

(四)閱讀測驗(阅读测验)

參(参)考答案:1.(A) 2.(C) 3.(B)

顧客滿意度調查

一、情境會話

情境一　　　　　　　　　　　　　　　　　　▶▶ MP3-25

晶碩公司為今年新產品NT2023上市❶後的顧客滿意度調查結果開
會、討論。

會話一

市場部吳經理：各位同仁，請大家檢視手邊市場部提供的顧客滿意度
　　　　　　　調查資料，這是新產品NT2023上市後，客服部所蒐集
　　　　　　　到的顧客意見。現在請班傑明為大家說明。

班傑明：大家看到的資料是來自我們客服❷部的客服意見信箱。從₁顧
　　　　客的意見中₁，我們得知₁顧客使用我們的新產品後，大部分
　　　　的評價是正面的，但也有部分的顧客給了我們一些建議。顧
　　　　客的意見我們附在最後一頁，今天我們就針對₂顧客的回應，
　　　　來討論我們商品的缺失❸以及改進方式。

行銷[1]部陳經理：我認為我們的行銷策略很成功，比起₃往年，今年的
　　　　　　　業績成長了一倍多。至於顧客意見回饋的部分，我們
　　　　　　　行銷部也針對顧客的反應❹，提出❺幾點來討論。

---

[1] 大陸用語：營銷

班傑明：謝謝陳經理的意見。針對顧客意見的部分，我們得到的資料有一些是來自網購❻顧客的意見回饋，稍後❼都可以一起討論。

情境二　▶▶ MP3-26

公司全體同仁在會議室討論商品的缺失以及改進方式。

會話二

市場部吳經理：大家都看到手邊的資料了，這期公司推出的新產品NT2023，大部分顧客認為NT2023的整體❽功能性❾強，但對價格的反應居多❿，還有一些人建議延長⓫產品的保固期限⓬。

余總經理：針對顧客的意見，各位同仁有什麼想法？

研發部譚經理：到目前為止₄，還沒有顧客對NT2023商品本身⓭的內部系統提出維修⓮的請求，有維修需求的都是一些人為因素⓯的破壞。針對後者，公司也有完善⓰的售後服務⓱，可以滿足顧客個別的需求。

行銷部陳經理：有些顧客表示很想購買我們的商品，但認為價格偏高，希望公司可以定期⓲舉辦優惠⓳活動。我建議藉由這次公司慶祝成立20週年，推出一系列⓴優惠活動，來刺激㉑更多買氣㉒。

余總經理：我贊同陳經理的想法。我們就請行銷部和市場部的同仁針對公司20週年慶❷❸活動，規劃相關的優惠方案❷❹，並₅在下次會議中報告。各位同仁，還有其他的臨時動議❷❺嗎？

（全體無聲）

余總經理：謝謝大家！我們今天的會議就到此結束，謝謝各位同仁，辛苦了！₆

二、生詞 (词)

正體字 (体)   詞性 (词)   漢語拼音 (汉语)   英譯 (译)   日譯 (译)

❶ 上市   **v.**   **shàngshì**   to appear on the market   市場に出る

例句 ▶▶ 那款新型號(号)的手機(机)一**上市**，就被消費(费)者搶購(抢购)一空。

❷ 客服   **n.**   **kèfú**   customer service   相談窓口、カスタマーサポート

例句 ▶▶ 如果對(对)產(产)品的使用有問題(问题)，都可以打電話給(电话给)**客服**。

❸ 缺失   **n.**   **quēshī**   deficiency; shortcoming   欠陥、失策

例句 ▶▶ 因為(为)他的**缺失**，這個計畫(这个计画)失敗(败)了。

❹ 反應(应)   **n.**   **fǎnyìng**   reaction   反応

例句 ▶▶ 根據(据)市場調(场调)查，消費(费)者對這項產(对这项产)品的**反應(应)**普遍不佳。

❺ 提出   **v.**   **tíchū**   to bring forward   提起する、示す

例句 ▶▶ 你有什麼問(么问)題都可以**提出**，但我不一定會幫(会帮)你解答。

❻ 網購(网购)   **v.**   **wǎnggòu**   to do online shopping   オンラインショッピング

例句 ▶▶ 我們(们)公司的同事都喜歡網購(欢网购)。

❼ 稍後(后)   **adv.**   **shāohòu**   later   後ほど

例句 ▶▶ 關於(关于)明天要不要上課(课)的事情，我們(们)**稍後(后)**再討論(讨论)。

⑧ 整體 　**n.**　**zhěngtǐ**　overall　全体

> 例句 ▶ 這個房間**整體**的感覺是溫暖舒適的。

⑨ 功能性 　**n.**　**gōngnéngxìng**　function　機能性

> 例句 ▶ 這支手機的**功能性**非常好，我推薦你買它。

⑩ 居多 　**v.**　**jūduō**　to be in the majority　多数を占める

> 例句 ▶ 這家店是美式復古的風格，客人以年輕人**居多**。

⑪ 延長 　**v.**　**yáncháng**　to extend　延長する

> 例句 ▶ 由於疫情嚴重，所以今年的暑假**延長**半個月。

⑫ 保固期限 　**phr.**　**bǎogù qíxiàn**　warranty period　保証期間

> 例句 ▶ 這家公司的產品**保固期限**都是十年。

⑬ 本身 　**n.**　**běnshēn**　self; itself　それ自体

> 例句 ▶ 如果產品**本身**有問題，七天內都可以拿來退貨。

⑭ 維修 　**v.**　**wéixiū**　to maintain; to repair　修理する

> 例句 ▶ 你的手機已經過了保固期限，要**維修**可能要花很多錢。

⑮ 人為因素 　**phr.**　**rénwéi yīnsù**　human factor　人為的な要因

> 例句 ▶ 你真的不知道嗎？**人為因素**造成的損壞不在保固範圍之內！

⑯ 完善 　**adj.**　**wánshàn**　comprehensive　完全

> 例句 ▶ 學校歌唱比賽的規定並不**完善**，所以引起了很多不滿。

⑰ 售後服務 **phr. shòuhòu fúwù** after-sales service アフターサービス

> 例句 ▶▶ 我們沒有提供**售後服務**，你若有不滿可以去客訴。

⑱ 定期 **adv. dìngqí** at regular intervals, periodically 定期的

> 例句 ▶▶ 這家商店會**定期**舉辦優惠活動。

⑲ 優惠 **n. yōuhuì** discounts 割引

> 例句 ▶▶ 我認識你們老闆，可以給我一些**優惠**嗎？

⑳ 系列 **n. xìliè** series シリーズ

> 例句 ▶▶ 這個**系列**的衣服很好看，我每一件都有。

㉑ 刺激 **v. cìjī** to stimulate 刺激する

> 例句 ▶▶ 他的情緒很不穩定，請你不要再**刺激**他了。

㉒ 買氣 **n. mǎiqì** desire to buy 購買意欲

> 例句 ▶▶ 新年到，彩券和刮刮樂的**買氣**非常旺盛。

㉓ 週年慶 **n. zhōuniánqìng** anniversary celebration 周年祭

> 例句 ▶▶ 現在是百貨公司**週年慶**的優惠活動期間，吸引不少客人。

㉔ 方案 **n. fāngàn** plan; project 案、プラン

> 例句 ▶▶ 江經理提出的**方案**是我們這次開會要討論的重點。

㉕ 臨時動議 **phr. línshí dòngyì** extempore motion 臨時動議事項

> 例句 ▶▶ 主席在會議最後詢問是否有人要提出**臨時動議**。

三、句型語法

1. 從 N. phr. 中，我們得知 + clause

   說明：「我們」知道的事情，是來自句型前半部的名詞短語。

   Note: In this pattern, the noun phrase is the soure of information that 'we' ˋ

   　　know / learn.

   説明：文前半の名詞フレーズ（從N.phr.中）は、文後半に示される
   　　　「我々が知っていること」のソースである。

   例句：

   （1）從陳經理的報告中，我們得知今年的業績成長了一倍。

   （2）從顧客的意見中，我們得知顧客使用我們的新產品後，大部分的評
   　　　價是正面的。

   造句：

   （1）＿＿＿＿＿＿＿＿＿＿＿＿＿＿＿＿＿＿＿＿＿＿＿＿＿＿＿。

   （2）＿＿＿＿＿＿＿＿＿＿＿＿＿＿＿＿＿＿＿＿＿＿＿＿＿＿＿。

2. 針對 + N. / clause

說明：「針對」的後面接談論中的事項，一般是問題或是比較困難的情況。

Note: 'zhēnduì' means 'to target; to focus on; to be aimed at'. It preceds an issue in discussion.

説明：「針對」の後ろには、議論中の事柄で、一般的に課題あるいは比較的困難な状況が付く。「～に対して」、「～について」。

例句：

（1）針對如何提高顧客對我們產品的買氣，再請大家一起來動動腦。

（2）今天把大家找來開會，是想針對你們最近反應的一些問題，了解一下你們處理得如何？

造句：

（1）＿＿＿＿＿＿＿＿＿＿＿＿＿＿＿＿＿＿＿＿＿＿＿＿＿＿＿。

（2）＿＿＿＿＿＿＿＿＿＿＿＿＿＿＿＿＿＿＿＿＿＿＿＿＿＿＿。

3. 比起 N. , Subj.

說明：此句型用來比較兩件事或情況，並且得出一個比較的結果。

Note: This pattern talks about making comparison between two things. The difference is expressed in the second half.

說明：二つの事柄もしくは状況を比べ、比較した結果を示す文型。

例句：

（1）比起昨天，今天天氣好多了。

（2）比起往年，今年的業績成長了一倍多。

造句：

（1）＿＿＿＿＿＿＿＿＿＿＿＿＿＿＿＿＿＿＿＿＿＿＿＿＿＿＿＿＿＿＿＿＿＿。

（2）＿＿＿＿＿＿＿＿＿＿＿＿＿＿＿＿＿＿＿＿＿＿＿＿＿＿＿＿＿＿＿＿＿＿。

4. 到目前為止，clause

說明：此句型描述從過去一段時間到現在，某一件事情的發展狀況。

Note: This pattern describes an on-going situation up to now.

說明：以前から現在に至るまで続いている状況を述べる。「これまで（に）」。

例句：

（1）到目前為止，報名的情況相當熱烈。

（2）到目前為止，消費者對咱們公司推出的新產品，滿意度高達99％。

造句：

（1）＿＿＿＿＿＿＿＿＿＿＿＿＿＿＿＿＿＿＿＿＿＿＿。

（2）＿＿＿＿＿＿＿＿＿＿＿＿＿＿＿＿＿＿＿＿＿＿＿。

5. Subj. + V1 / clause1，並 + V2 / clause2

說明：「並」是一個連接詞，連接兩個主語相同的句子，故第二個主語會省略。

Note: 'Bìng' means 'and'. It is used to connect two sentences with the same subject. The second subject is omitted.

說明：「並」は、2つの動詞もしくはフレーズをつなぐ接続詞である。

例句：

（1）我們會盡快和合作公司簽約，並把產品上架販售。

（2）本次會議主要討論促銷活動的內容，並確定優惠方案，以刺激顧客的購物心理，提高業績。

造句：

（1）_____。

（2）_____。

6. 辛苦了！

說明：「辛苦了！」用於表達謝謝或同理對方努力做了某事。

Note: 'Xīnkǔle !' is used to express your appreciation to someone's effort.

說明：感謝やねぎらいの意を表す。「お疲れ様です」。

例句：

（1）今天的討論就到此結束，大家<u>辛苦了</u>！

（2）謝謝所有防疫人員這段時間的努力，才能讓大家有安全的生活環
　　　境，<u>辛苦了</u>！

造句：

（1）＿＿＿＿＿＿＿＿＿＿＿＿＿＿＿＿＿＿＿＿＿＿＿＿＿＿＿＿。

（2）＿＿＿＿＿＿＿＿＿＿＿＿＿＿＿＿＿＿＿＿＿＿＿＿＿＿＿＿。

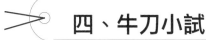

四、牛刀小試

（一）聽力理解　　　▶▶ MP3-27

說明：在這個部分，你會聽到一句話和（A）（B）（C）三個選項，
請從選項中找出一個合適的回應來完成對話。

1. （　）　（A）謝謝您，我會好好考慮。

　　　　　（B）可見這次的行銷策略的確很特別。

　　　　　（C）根據調查，業績比往年多了一倍多。

2. （　）　（A）各位同仁的意見都很重要。

　　　　　（B）我建議加強產品售後服務。

　　　　　（C）謝謝您的建議，我們會好好改善。

3. （　）　（A）報告主席，我這兒有個臨時提案。

　　　　　（B）我會考慮這個提案。

　　　　　（C）我認為應該考慮行銷策略的問題。

（二）詞語填空

說明：請把框框內的詞彙填入適當的句子中。

刺激　定期　反應　優惠　根據　策略　稍後

---

1. _____新聞報導，明天會比今天冷。

2. 這個美術館_____舉辦各種藝術展覽。

3. 為了刺激消費，公司推出新的行銷_____。

4. 針對顧客的_____，我們對產品做了一些改進。

5. 你要找的陳先生不在，請你_____再撥打一次，謝謝。

6. 這次的週年慶，各家百貨公司無不推出超值的_____活動，以_____低迷的買氣。

（三）情境對話

說明：在這個部分，請根據對話內容，分別從以下四個選項中選擇最合適的回應來完成對話。

ㄅ. 會議不是三點才開始嗎？

ㄆ. 不好意思，我沒有拿到資料。

ㄇ. 因為這次行銷策略成功刺激購買慾。

ㄈ. 我認為應該也要考慮網購顧客的反應。

---

1. A：這次的業績成長了很多呢！

   B：＿＿＿＿＿＿＿＿＿＿＿＿＿＿＿＿＿＿。

2. A：看完顧客的滿意度調查，大家還有什麼建議？

   B：＿＿＿＿＿＿＿＿＿＿＿＿＿＿＿＿＿＿。

3. A：現在全體同仁都在會議室開會了。

   B：＿＿＿＿＿＿＿＿＿＿＿＿＿＿＿＿＿＿。

4. A：請看一下大家手邊的資料，稍後由客服部為大家說明資料內容。

   B：＿＿＿＿＿＿＿＿＿＿＿＿＿＿＿＿＿＿。

···

說明：請閱讀以下短文，並回答問題。

　　滿意度調查對商業行銷來說是非常重要的，有了滿意度調查，公司就能知道顧客的反應，公司也就能針對調查結果來改進商品。新產品 NT2023 上市後，滿意度調查發現大部分顧客認為 NT2023 整體功能性強，但建議延長商品保固期限。也有些顧客雖然很想購買我們的商品，但認為價格偏高。針對價格的問題，公司決定推出系列優惠活動，以刺激顧客的購買慾。

1. （　　） 以下何者**不是**針對 NT2023 滿意度調查的發現？

    （A）大部分顧客認為 NT2023 功能性佳。

    （B）大部分顧客滿意 NT2023 的商品保固期限。

    （C）有些顧客認為 NT2023 的價格比較高。

    （D）有些顧客因為價格問題放棄購買 NT2023。

2. （　　） 以下何者**不是**滿意度調查的功能？

    （A）公司能知道顧客的反應。

    （B）公司可以針對商品做改進。

    （C）公司可以調整行銷策略。

    （D）公司可以舉辦優惠活動。

3. （　　） 針對價格的問題，以下何者最有可能會是公司的做法？

（A）加長商品保固期限。

（B）加強產品的售後服務。

（C）推出系列特價方案。

（D）蒐集更多滿意度調查。

（五）短文寫作

說明：請依以下提示，寫一篇約 150 字的短文。

以下是某電信公司客戶服務中心的滿意度調查結果，請針對這個圖表，寫下你發現了什麼。

2022年客戶服務專線滿意度

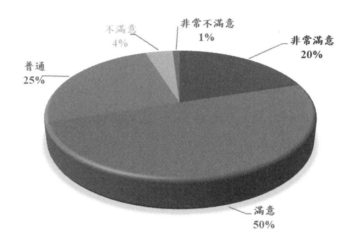

題目：

作文：

五、學以致用

　　滿意度調查可以讓您掌握更多必要的新資訊，幫助您做出更好的決策。那麼，滿意度調查問卷應該包含哪些內容？答案在於您的調查目標是什麼，以及您想要了解或改善的問題。以下是建立有效的客戶問卷調查的幾個提示。假如你是晶碩公司的員工，你要如何設計針對手機的滿意度調查？請分組討論，並依照提示設計一份針對手機的滿意度調查表。

1. 問題要清楚明白。

2. 讓顧客的回答能明確具體。

3. 問多個具體的問題。

六、文化錦囊

影響消費者使用某項產品後的滿意度的原因很多，其中與滿意度有正相關的因素之一是產品品質[2]的優劣。華語文學習書籍，就如同人們使用電腦、手機、家電、運動器材等商品一般，是師生常用的教育產品，所以書籍品質的好壞，就攸關師生對其滿意度是高或是低了。

蔡喬育在2021年有一項關於商務華語數位教材品質分析的研究[3]，經過海內外十位學者專家審視和資料統計後，發現在所列的63項評估指標中，「內容的可信度」和「符合學習者需求」的重要性最高，其次是防駭客[4]病毒入侵的安全性，而對於使用者[5]而言，取得產品的方便性，也是他們在意的項目。另一項研究[6]是有關臺灣的大學生心中好的日語教材的調查研究，發現最多人認為好的教材是要「內容易懂」、「實用」，最好的話，還要有圖文字卡、影音檔案等輔助學習工具。不過，這些結果與之前針對日本學生為對象的調查結果，兩者的想法是有落差的。由此說明，語文學習書籍作為重要的教育產品之一，其品質儘管會影響使用者的滿意度，但是不同國家的學生認為的好與壞，在不同面向上的認知標準還是不太一樣。

2　大陸用語：质量
3　Qiao-Yu Warren Cai (2021). Constructing assessment indicators weight system of digital business Chinese materials. Sage Open, 11(3), 1-16. https://doi.org/10.1177/21582440211047555 (SSCI)
4　大陸用語：黑客
5　大陸用語：用户
6　王敏東（2013）。我國非日語系大學生心目中好的日語教材——問卷調查結果與日本的比較。教科書研究，6（1），31-55。

四、牛刀小試

（一）聽力理解

1. 這次新產品我們的行銷策略很成功，比起往年，今年的業績成長了一倍多。

2. 針對顧客提出的建議，各位同仁有什麼意見？

3. 我贊同李經理的看法，各位同仁還有其他的臨時動議嗎？

參考答案：1.（B）　2.（B）　3.（A）

（二）詞語填空

參考答案：1. 根據　2. 定期　3. 策略　4. 反應　5. 稍後

6. 優惠，刺激

（三）情境對話

1. ㄇ . 因為這次行銷策略成功刺激購買慾。

2. ㄈ . 我認為應該也要考慮網購顧客的反應。

3. ㄅ . 會議不是三點才開始嗎？

4. ㄆ . 不好意思，我沒有拿到資料。

（四）閱讀測驗

參考答案：1.（B）　2.（D）　3.（C）

庆
慶功宴[1]

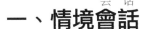
情境一 ▶▶ MP3-28

今天班傑明參加公司的慶功宴，公司的高層幹部❷也前來一同共襄盛舉❸。

會話一

葉經理：今天是我們的慶功宴，我們請余總經理❹為大家講幾句話！

余總經理：首先，謝謝各位擁護❺、支持❻我們的商品，讓我們在市場上交出❼一張漂亮的成績單❽。雖然我們這次業績長紅❾，但華人社會裡的俗諺❿常說：「勝不驕，敗不餒⓫。」、「失敗為成功之母⓬。」成功時是值得慶賀⓭的，但當我們遇到瓶頸⓮、挫折⓯，甚至₁失敗的時候，也₁必須勇於⓰承擔⓱，才能愈₂挫愈₂勇，轉敗為勝⓲！就是因為我們不畏⓳錯誤與過失⓴，所以才有機會磨練㉑自己，讓公司有出頭㉒的機會！感謝公司的員工一起努力㉓、付出㉔，大家才能享受到這豐碩㉕的果實㉖！我相信各位員工都能培養㉗出高層幹部的實力㉘，同事間也能不分職位㉙高低，彼此㉚互相合作，在此謝謝大家！

在慶功宴上，行銷[1]部的陳經理請大家喝飲料。

會話二

陳經理：這是星巴克新上市的③¹咖啡，還不錯唷！

班傑明：經理，您對所有員工這麼好，星巴克咖啡不便宜耶₃！

陳經理：自從₄你們進公司就是這間公司大家族的一員，都是自己人③²，不用客氣啦！如果有什麼₅地方需要幫忙的，儘管㉝找我，我一定㉞盡力㉟幫忙。

班傑明：您人真好，謝謝您的提攜㊱與愛護㊲！

陳經理：別㊳這麼說！同事之間本來₃₉就是要₆彼此互相幫忙的！

1　大陸用語：營銷

二、生詞

正體字　詞性　漢語拼音　英譯　日譯

❶ 慶功宴　**n.**　**qìnggōngyàn**　victory celebration party　祝賀会

例句▶ 運動會我們班拿了四面金牌，於是大家決定舉辦**慶功宴**好好慶祝一下。

❷ 高層幹部　**phr.**　**gāocéng gànbù**　decision-maker　上級管理職

例句▶ 認真工作數年，他終於成為公司的**高層幹部**。

❸ 共襄盛舉　**idiom**　**gòngxiāngshèngjǔ**　to cooperate / make concerted efforts for an event　（会や活動などを）共に盛り上げる

例句▶ 廟裡舉辦熱鬧的遶境活動，歡迎大家**共襄盛舉**。

❹ 總經理　**n.**　**zǒngjīnglǐ**　general manager　社長

例句▶ **總經理**每個月都開會，檢討可以改進的地方，也獎勵做得好的員工。

❺ 擁護　**v.**　**yǒnghù**　to advocate　擁護する、支持する

例句▶ 人民**擁護**政府，國家會進步嗎？

❻ 支持　**v.**　**zhīchí**　to support　支援する、サポートする

例句▶ 父母不**支持**弟弟到國外讀藝術學校，他們認為只有當醫生才能賺大錢。

❼ 交出　**v.**　**jiāochū**　to hand over; to surrender　引き渡す

例句▶ 各縣市國小[2]教師甄選結果陸續放榜[3]，在師生的努力之下，語文教育學系**交出**漂亮的成績單。

2　大陸用語：小学
3　大陸用語：发榜

⑧ 成績單 **n. chéngjīdān** transcript; school report; report card 成績
表、結果を示す報告

例句▶ 因為考試都不及格，所以弟弟把成績單藏了起來。

⑨ 業績長紅 **idiom yèjī chánghóng** Business is prosperous with
many years to come 業績が伸び続ける

例句▶ 叔叔開了一間咖啡廳，家裡送了一盆花過去，祝賀他們業績長紅。

⑩ 俗諺 **n. súyàn** common saying; proverb ことわざ

例句▶ 俗諺說：「失敗為成功之母」，我們不要因為一時的失敗就放棄。

⑪ 勝不驕，敗不餒 **idiom shèngbùjiāo, bàibùněi** No arrogance
in victory, no despair in defeat 勝って驕るな、負けて腐るな

例句▶ 勝不驕，敗不餒。你現在贏了也不用太驕傲。

⑫ 失敗為成功之母 **idiom shībài wéi chénggōng zhī mǔ** Failure
is the mother of success. 失敗は成功の母

例句▶ 失敗為成功之母，記起這次失敗的經驗，下次一定能成功。

⑬ 慶賀 **v. qìnghè** to congratulate, to celebrate 祝う

例句▶ 弟弟考上第一志願，值得好好慶賀一番。

⑭ 瓶頸 **n. píngjǐng** bottleneck ボトルネック

例句▶ 同學在做實驗遇到瓶頸時，都可以向老師求助。

⑮ 挫折　n.　**cuòzhé**　setback　挫折

例句 ▶▶ 他既勇敢又有耐心，遇到**挫折**也不輕^轻易放棄^弃。

⑯ 勇於^于　v.　**yǒngyú**　brave　勇気をもって（〜する）

例句 ▶▶ 因為員^{为员}工**勇於**站出來檢舉^{来检举}，才讓^让工廠長^{厂长}期超時^时加班的事件被發現^{发现}。

⑰ 承擔^担　v.　**chéngdān**　to undertake; to bear　引き受ける

例句 ▶▶ 自從媽媽過^{从妈妈过}世後^后，爸爸**承擔**起一家的開銷與^{开销与}生活大小事。

⑱ 轉敗為勝^{转败为胜}　idiom　**zhuǎnbàiwéishèng**　to turn defeat into victory

逆転勝利

例句 ▶▶ 他在比賽結^{赛结}束前投進^进一顆^颗三分球，終於轉敗為勝^{终于转败为胜}。

⑲ 不畏　v.　**bú wèi**　be not afraid of　畏れない

例句 ▶▶ 她**不畏**困難^难，總^总是努力向前行。

⑳ 過失^过　n.　**guòshī**　fault; error; mistake　過ち、過失

例句 ▶▶ 請原諒^{请谅}他所犯的**過^过失**。

㉑ 磨練^练　v.　**móliàn**　to go through trials, to temper oneself, to steel

oneself　鍛える、練磨する

例句 ▶▶ 他不斷^断地**磨練^练**自己，經過數^{经过数}年的練習^{练习}，終於^{终于}在國際賽^{国际赛}拿到冠軍^军。

㉒ 出頭^头　n.　**chūtóu**　Every dog has its day　出世

例句 ▶▶ 算命師說^{师说}他永不會^会有**出頭^头**的時^时候。

㉓ 努力　**v.　nǔlì**　to endeavor; to make a great effort　努力する

例句▶ 他每天下班後**努力**地運動瘦身[4]，終於擁有人人羨慕的健壯身材。

㉔ 付出　**v.　fùchū**　to put in　尽力する

例句▶ 為了感謝他在這次活動中**付出**了一切心力，我們送了他一輛車。

㉕ 豐碩　**adj.　fēngshuò**　plentiful; substantial; rich (in resources, etc.)
豊かである、多大

例句▶ 雙方公司合作發展順利，成果**豐碩**。

㉖ 果實　**n.　guǒshí**　outcome, gains　成果、果実

例句▶ 今年果樹結出的**果實**又大又甜，一定可以賣個好價錢。

㉗ 培養　**v.　péiyǎng**　to foster; to cultivate　養成する、育てる

例句▶ 哥哥從小就被當作家裡麵包店的接班人**培養**，國小時就已經了解許多相關知識。

㉘ 實力　**n.　shílì**　strength　実力

例句▶ 他的歌唱**實力**使他在這次的比賽中獲得冠軍。

㉙ 職位　**n.　zhíwèi**　position　職位、ポジション

例句▶ 這個**職位**錢多事少，人人都搶著應徵。

㉚ 彼此　**n.　bǐcǐ**　each other; likewise (used twice when responding)
お互い

例句▶ 黑與白**彼此**是對立的。

4　大陸用語：減肥

㉛ 新上市的　**adj.**　**xīn shàngshì de**　newly published; new; fresh

新出の

例句 ▶ 這是今年春天**新上市的**包包，輕便好攜帶，很受小資女歡迎。

㉜ 自己人　**n.**　**zìjǐrén**　one of us; someone that's on your side　身内

例句 ▶ 大家都是**自己人**，就別計較這麼多了。

㉝ 儘管　**adv.**　**jǐnguǎn**　feel free to; not hesitate to　かまわずに

例句 ▶ 功課上有任何問題就**儘管**問我，我一定盡力回答。

㉞ 一定　**adv.**　**yídìng**　must　必ず

例句 ▶ 明天的會議非常重要，請你**一定**要準時到。

㉟ 盡力　**adj.**　**jìnlì**　to have done one's best　全力を尽くす

例句 ▶ 雖然這次只得到第二名，但我已經**盡力**了，所以我很滿意。

㊱ 提攜　**v.**　**tíxī**　to foster; to promote　世話をする、育てる

例句 ▶ 前輩**提攜**後輩，公司才能越來越好。

㊲ 愛護　**v.**　**àihù**　to cherish; to take good care of　愛護する、保護する

例句 ▶ 公園是公共的，大家都要用心去**愛護**。

㊳ 別　**adv.**　**bié**　don't　〜しないで

例句 ▶ 這裡是學校，你**別**在這裡抽菸。

㊴ 本來　**adv.**　**běnlái**　naturally　もともと

例句 ▶ 我們是夫妻，**本來**就應該彼此支持、互相幫助。

三、句型語法

1. Subj.，甚至（連）＋ N. ＋也 / 都＋ V. phr.。

   說明：「甚至」是表示更進一層的連接語詞，表達出意想不到或極端的情況。

   Note: The word or phrase following '甚至' often uses '也' or '都' to add further information. It expresses an unexpected or extreme situation.

   說明：「甚至」は、極端な状況や意外なことについて、さらに一段進んだことを表す接続詞である。「ひいては」。「～さえ」、「～すら」。

   例句：

   （1）經理在慶功宴上的演講太感人了，大家都哭了，甚至連平常嚴肅的董事長也流下眼淚。

   （2）這家公司所創造的業績高達數十兆美金，不但國內媒體競相報導，甚至連外國媒體都來採訪他們的董事長。

   造句：

   （1）＿＿＿＿＿＿＿＿＿＿＿＿＿＿＿＿＿＿＿＿＿＿＿＿。

   （2）＿＿＿＿＿＿＿＿＿＿＿＿＿＿＿＿＿＿＿＿＿＿＿＿。

2. 愈＋Adj.1＋愈＋Adj.2

說明：本句型是指後面形容的狀態會依前者而改變。相較於「越」，「愈」
　　　大多用於書面語。

Note: The pattern means 'the more…, the more…,' or 'the less, the less'.
　　　It indicates that the degree of Adj.2 deepens with the change of the
　　　condition Adj.1. In contrast to 越（yuè）, 愈（yù） is mostly used in
　　　written form.

説明：Adj.2の状態がAdj.1の状態によって変わることを示す文型。
　　　「越」と比べ、「愈」は書きことばで用いられる場合が多い。
　　　「～すれば～するほど」。

例句：

（1）不是每種酒都能愈陳愈醇。

（2）產品的品質[5]愈好，價格愈高。

造句：

（1）＿＿＿＿＿＿＿＿＿＿＿＿＿＿＿＿＿＿＿＿＿。

（2）＿＿＿＿＿＿＿＿＿＿＿＿＿＿＿＿＿＿＿＿＿。

---

[5]　大陸用語：质量

3. 耶

說明：「耶」是語尾助詞，臺灣常用語，用來表達說話者的強烈情緒，可用於提醒對方，或是稱讚對方的時候。

Note: It is a sentence-final particle and used a lot in Taiwan. It expresses the speaker's strong emotion. It can be used when the speaker wants to remind or to compliment the interlocutor.

說明：終助詞「耶」は台湾で日常的に使われ、「気づかせる」、「ほめる」といった意味合いが含まれる。

例句：

（1）現在的房價並不便宜耶！你確定要買來投資嗎？

（2）這點子是你想出來的嗎？很厲害耶！

造句：

（1）＿＿＿＿＿＿＿＿＿＿＿＿＿＿＿＿＿＿＿＿＿＿＿＿。

（2）＿＿＿＿＿＿＿＿＿＿＿＿＿＿＿＿＿＿＿＿＿＿＿＿。

4. 自從（从）＋ N. / Subj.，clause。

說明（说）：本句型用以表示從（从）過（过）去的某個（个）特定時間點（时间点）或事件開（开）始，一直持續（续）到現（现）在的狀態（状态）。

Note: This pattern expresses some situation starting at a particular point in the past or event and continuing up to now.

説明：過去のある特定の時点から始まり、現在まで継続していることを表す。「〜から」。

例句：

（1）自從（从）我來（来）到臺灣（台湾），我的生活作息改變（变）了很多。

（2）自從（从）你們（们）進（进）公司，就是公司的大家族的一員（员）。

造句：

（1）_____。

（2）_____。

5. 如果有什麼 + N.（+ V. phr.），clause。

說明：本句型用於表示說話者不管在任何情況下，都願意提供幫助。

Note: This pattern expresses that the speaker is kind enough to offer help in any condition.

說明：どのような状況にあるかに関わらず、助けを提供しようとする気持ちがあることを表す文型。「もし何かあれば〜」。

例句：

（1）如果有什麼問題，一定要馬上告訴我。

（2）如果有什麼地方需要幫忙，儘管找我，我一定盡力幫忙。

造句：

（1）_____。

（2）_____。

6. Subj. + 本來^来就（是）要 / 應該 + V. phr.。

說^说明：此句型表達^达「義務^{义务}」的概念，動詞^{动词}的前面常會^会有「要」或是「應^应該^该」這^这類^类的情態^态助動詞^{动词}。

Note: This pattern describes the way something should be for legal or moral reasons. '本來^来就 (běnlái jiù)' can be used for expressing a viewpoint. If you want to say how an action 'should / should not be', 本來^来就 will help you sound more convincing.

說明：「義務」の概念を表す文型である。動詞の前には「要」もしく は「應該」といった情態助動詞が置かれる場合が多い。「～も のだ」。

例句：

（1）身為^为學^学生，<u>本來^来就是要</u>好好用功讀書^{读 书}。

（2）朋友之間^间<u>本來^来就是要</u>彼此互相鼓勵^励。

造句：

（1）＿＿＿＿＿＿＿＿＿＿＿＿＿＿＿＿＿＿＿＿＿。

（2）＿＿＿＿＿＿＿＿＿＿＿＿＿＿＿＿＿＿＿＿＿。

四、牛刀小試

（一）聽力理解

▶▶ MP3-30

··

說明：在這個部分，你會聽到一句話和（A）（B）（C）三個選項，請從選項中找出一個合適的回應來完成對話。

1.（　）（A）愛護家園，人人有責。

　　　　（B）別這麼說，都是自己人。

　　　　（C）員工工作效率越來越好。

2.（　）（A）不客氣，失敗為成功之母。

　　　　（B）說得對！現在各種新產品都競爭激烈。

　　　　（C）別這麼說！主要是你們的商品品質非常好，我們都很喜歡。

3.（　）（A）是啊！是啊！董事長說得對！有努力才有收穫。

　　　　（B）先付錢才有蘋果吃。

　　　　（C）大家都辛苦了！明年再一起努力吧！

（二）詞語填空

....

<ruby>說<rt>说</rt></ruby><ruby>明<rt></rt></ruby>：<ruby>請<rt>请</rt></ruby>把框框<ruby>內<rt>内</rt></ruby>的<ruby>詞彙<rt>词汇</rt></ruby>填入<ruby>適當<rt>适当</rt></ruby>的句子中。

<ruby>擁護<rt>拥护</rt></ruby>　<ruby>本來<rt>来</rt></ruby>　<ruby>職<rt>职</rt></ruby>位　<ruby>瓶頸<rt>颈</rt></ruby>　<ruby>儘<rt>尽</rt></ruby>管

1. 有<ruby>什麼<rt>么</rt></ruby><ruby>問題<rt>问题</rt></ruby>＿＿＿＿＿＿＿<ruby>問<rt>问</rt></ruby>我。

2. 同事之<ruby>間<rt>间</rt></ruby>＿＿＿＿＿＿＿就是要彼此<ruby>幫<rt>帮</rt></ruby>助。

3. 因<ruby>為<rt>为</rt></ruby>大家的努力，公司走出了＿＿＿＿＿＿＿。

4. <ruby>這<rt>这</rt></ruby>次的新<ruby>產<rt>产</rt></ruby>品得到年<ruby>輕<rt>轻</rt></ruby>族群的＿＿＿＿＿＿＿。

5. 不<ruby>論<rt>论</rt></ruby>你的＿＿＿＿＿＿＿高低，在公司<ruby>裡<rt>里</rt></ruby>都要<ruby>盡<rt>尽</rt></ruby>力工作。

（三）情境對話

說明：在這個部分，請根據對話內容，分別從以下四個選項中選擇
最合適的回應來完成對話。

> ㄅ.新產品嗎？我來試試看。
>
> ㄆ.謝謝您，您人真好，謝謝您的愛護。
>
> ㄇ.俗話說：失敗為成功之母。這句話果然是真的。
>
> ㄈ.首先，謝謝各位員工都能一同努力付出，同事間也能不分職
> 位高低，彼此合作，在此謝謝大家！

1. A：這是星巴克新上市的咖啡，還不錯喔！

   B：_____。

2. A：如果有什麼地方需要幫忙的，儘管找我，我一定盡力幫忙。

   B：_____。

3. A：今天是商品發表檢討會，請余總經理為大家講幾句話！

   B：_____。

4. A：因為我們不畏錯誤與過失，愈挫愈勇，終於讓公司有出頭的
   機會！

   B：_____。

（四）閱讀測驗

說明：請閱讀以下短文，並回答問題。

會議結束後，行銷部的陳經理請大家喝星巴克推出的新產品。雖然星巴克的咖啡價錢不便宜，但是陳經理認為，所有的員工都是公司這大家族的一員，都是自己人，花一些錢請客是他應該做的事，還告訴大家不用客氣，如果有什麼地方需要幫忙，儘管找他，他一定盡力幫忙。

1. （　） 陳經理為什麼願意花錢請所有的員工喝咖啡？

　　　　（A）因為公司業績突破瓶頸

　　　　（B）因為所有員工其實都是陳經理的親戚

　　　　（C）因為陳經理認為同事間要像家人一樣互相照顧

　　　　（D）因為請員工喝飲料是陳經理本來就應該做的事

2. （　） 文中「自己人」的意思最接近下列何者？

　　　　（A）和自己長得一樣的人

　　　　（B）和自己關係密切的人

　　　　（C）和自己坐在一起的人

　　　　（D）和自己同一國家的人

3. （　） 文中「如果有什麼地方需要幫忙，儘管找他，他一定盡力幫忙。」這句話和下列何句意思最相近？

（A）有需要幫忙的事情，他一定會盡力幫忙。

（B）有需要幫忙的土地，他一定會盡力幫忙。

（C）有需要幫忙的方向，他一定會盡力幫忙。

（D）有需要幫忙的國家，他一定會盡力幫忙。

（五）短文寫作

說明：請依以下提示，寫一篇約 150 字的短文。

　　假如你／妳是一位公司的總經理，今天要對員工發表一篇演講，你／妳想對他們說些什麼呢？請先擬一份演講稿，內容包含：

1. 感謝員工的努力付出和不怕失敗的精神；

2. 鼓勵員工繼續在公司中彼此照顧、互相幫忙，讓公司的未來可以有更好的發展。

題目：

作文：

五、學以致用

　　人生不如意十之八九，失敗、挫折和瓶頸都是人生一定會遇到的事，這時若是能有一句激勵人心的話，就能使人再打起精神來繼續奮鬥下去。這裡要介紹一句鼓勵人愈挫愈勇的有趣臺語小諺語──打斷手骨顛倒勇。字面上的意思是因為骨頭截斷後，癒合處新長出之骨痂，會比原來結構更強化，斷裂處會形成比以前更粗的骨頭來補強原先構造，所以說，可以用「打斷手骨顛倒勇」，形容失敗後吸取挫折的經驗，來修正原來之策略與方法，讓再度嘗試時所持之經驗與謀略更為精進。這句諺語是鼓勵世人別怕失敗與挫折，事情總有解決的辦法，百折不撓總有成功之日。所以，當失敗和挫折來臨時，別忘了用「打斷手骨顛倒勇」來鼓勵自己和身旁的人喔！你有沒有「打斷手骨顛倒勇」的經驗呢？請與你的同學分享你的故事。

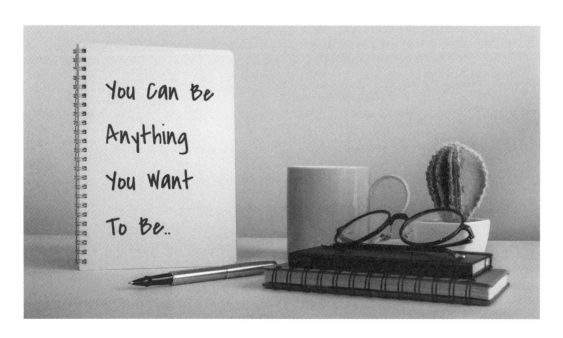

六、文化錦囊

受到社會文化、風俗習慣的影響，每個國家、地區都有不同的待客之道。說到華人的待客之道，一位稱職的東道主，就是要讓座上賓盡情言歡，吃飽喝足，然後滿載而歸。

在請客的過程中，就像一些國家的文化一樣，主客雙方會互相敬酒，說幾句好話。對主人來說，是感謝客人撥冗前來，一同共襄盛舉，給足了自己面子；對客人來說，是表達主人對自己的重視和熱情款待的感謝之意。所以說，「請客敬酒」不僅僅是禮貌性的寒暄行為，更是對彼此友情的珍惜與祝福。要注意的是，有的主人性情豪邁，乾杯後，如果客人沒有跟主人一樣，一口氣喝完的話，反而會被說：「沒誠意！」

請客結束後，主人都會有送客的習慣，而陪客人走出宴客地方的大門口，甚至還會幫忙招攬計程車[6]，目送客人上車離開。除了確保客人回家路上是安全的之外，還是一種主人對客人真誠圓滿的表示。

---

[6] 大陸用語：出租车

四、牛刀小試 [試]

(一) 聽力理解 [听] [解]

1. 經理，您對所有員工這麼好，謝謝您的愛護。
   [经][对][员][这么][谢谢][爱护]

2. 謝謝各位擁護、支持我們的商品，使我們的產品競爭力大大進步。
   [谢谢][拥护][们][们][产][竞争][进]

3. 感謝公司的員工一起努力付出，大家才能分享收穫的果實！
   [谢][员][获][实]

參考答案：1.（B）　2.（C）　3.（A）
[参]

(二) 詞語填空 [词][语]

參考答案：1. 儘管　2. 本來　3. 瓶頸　4. 擁護　5. 職位
[参]　　　　[尽]　　[来]　　[颈]　　[拥护]　　[职]

(三) 情境對話 [对][话]

1. ㄅ. 新產品嗎？我來試試看。
   [产][吗][来][试][试]

2. ㄆ. 謝謝您，您人真好，謝謝您的愛護。
   [谢谢][谢谢][爱护]

3. ㄇ. 首先，謝謝各位員工都能一同努力付出，同事間也能不分職位高低，彼此合作，在此謝謝大家！
   [谢谢][员][间][职][谢谢]

4. ㄈ. 俗話說：失敗為成功之母。這句話果然是真的。
   [话][说][败][为][这][话]

(四) 閱讀測驗 [阅][读][测][验]

參考答案：1.（C）　2.（B）　3.（A）
[参]

商品保險

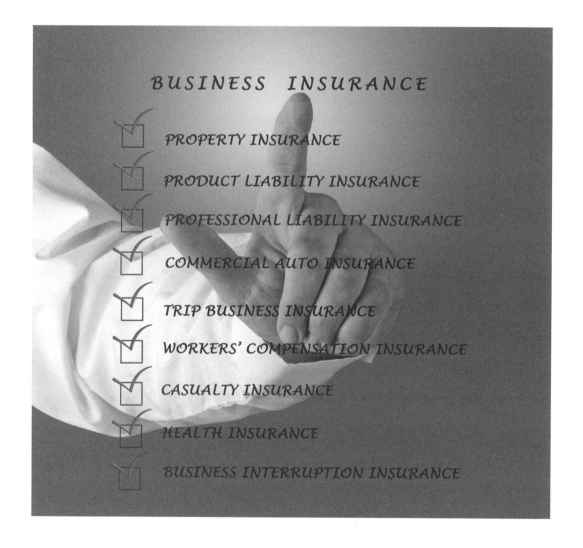

一、情境會話

情境一　　　　　　　　　　　　　　　　　　　　　▶▶ MP3-31

今天有位客戶想了解本公司商品的保險❶內容，但是原承辦人員請假，所以找上₁了代班的班傑明。

會話一
会 话

客人：你好，我想請教商品保險的內容。

班傑明：好的，那請問您想了解哪一部分的保險？

客人：關於₂居家❷方面的保險……。

班傑明：我們有住宅❸火災❹保險、地震❺基本保險、颱風及洪水❻災害❼補償❽保險。

客人：那如果我想投保❾住宅火災保險，要怎麼辦理❿？

班傑明：我們有幾種投保方式：線上₁投保網站、臨櫃⓫辦理或透過業務員或是保險經紀人⓬。

客人：請問，你們有相關資料可以先寄給我參考一下嗎？

1　大陸用語：在线

Lesson 11　商品保險

73

班傑明：好的，請問您是要寄紙本，還是寄到您的電子郵件信箱？

客人：寄到我的電子郵件信箱好了。我的電子郵件信箱是iku@gmail.com，麻煩你了！

情境二 ▶ MP3-32

班傑明今天接到了陳先生的來電，說到貨⑬的商品出了問題。

會話二

陳先生：您好，請問是晶碩公司的班傑明嗎？我是上個月和您購買NT2023的陳先生。

班傑明：陳先生您好，感謝您上次訂購NT2023，您的商品應該是昨天到貨吧，請問商品數量⑭是否正確？

陳先生：沒想到昨天我在卸貨⑮檢查商品時，發現只有一百八十五臺，和我們合約上說好的兩百臺還差十五臺，其中₃五臺竟然還有輕微⑯的刮痕⑰，我們將會向　貴公司提出賠償⑱要求。

班傑明：陳先生，真抱歉！本公司會根據我們所簽的商品合約中關於賠償事宜來處理。請問陳先生可以方便我們前往查明這批⑲NT2023的情形，然後再向　貴公司報告嗎？

陳先生：可以。我對　貴公司這次的運送⑳品質[2]實在太失望了！

班傑明：只要查明屬實，是我們公司的品管㉑疏失㉒，我們一定保證
儘快㉓給您合理的賠償。

---

[2]　大陸用語：质量

二、生詞

正體字　詞性　漢語拼音　英譯　日譯

❶ 保險　n.　**bǎoxiǎn**　insurance　保險

例句 ▶ 依照保險法的規定，人身保險包括人壽、健康、傷害及年金等四種保險。

❷ 居家　n.　**jūjiā**　household　家、自宅

例句 ▶ 趁著新年大掃除，好好整理一下居家環境。

❸ 住宅　n.　**zhùzái**　residence　住宅

例句 ▶ 臺灣的社會住宅，是指由政府補貼經費，以低於市場租金的方式，提供經濟弱勢人民租用的房屋。

❹ 火災　n.　**huǒzāi**　fire　火災

例句 ▶ 發生火災時，要趕緊打119。

❺ 地震　n.　**dìzhèn**　earthquake　地震

例句 ▶ 921 大地震是臺灣最嚴重的一次地震，超過萬人受傷和死亡。

❻ 洪水　n.　**hóngshuǐ**　flooding　洪水、氾濫

例句 ▶ 洪水是一種自然災害，指河流、湖泊、海洋上漲，超過正常水位的水流現象。

❼ 災害　n.　**zāihài**　disaster　災害

例句 ▶ 地震是最難預測的自然災害。

⑧ 補償 **n. bǔcháng** compensation 補償

例句▶ 老公送了我一件名牌外套，當作他忘記我們結婚紀念日的**補償**。

⑨ 投保 **v. tóubǎo** to insure 保険に加入する

例句▶ 外國人在臺灣的**投保**資格，可上衛生福利部中央健康保險署查看一下。

⑩ 辦理 **v. bànlǐ** to handle; to take care of affairs （手続きなどを）行う

例句▶ 我已經幫家人**辦理**好居家方面的保險了。

⑪ 臨櫃 **n. línguì** the counters which provide diverse transactions and services 受付カウンター、窓口

例句▶ 如果想開戶，請到本行各分行**臨櫃**辦理。

⑫ 經紀人 **n. jīngjìrén** broker 仲介人、ブローカー

例句▶ 厲害的**經紀人**，是可以把藝人捧紅的。

⑬ 到貨 **v. dàohuò** to have goods arrive 入荷する

例句▶ 網購平臺都有快速**到貨**服務說明，提供買家查詢。

⑭ 數量 **n. shùliàng** quantity 数

例句▶ 這批精品的**數量**不多，所以價格昂貴。

⑮ 卸貨 **v. xièhuò** to unload 荷をおろす

例句▶ 昨天晚上**卸貨**時，搬運工人不小心將貨品碰撞，所以有些商品出了問題。

⑯ 輕微 **adj.** **qīngwēi** light; slight; trifling 軽微

例句 ▶ 只要商品有**輕微**的刮痕，就是瑕疵品。

⑰ 刮痕 **n.** **guāhén** scrape; scratch こすり傷

例句 ▶ 要為愛車處理**刮痕**問題，得先確認**刮痕**程度。

⑱ 賠償 **v.** **péicháng** to indemnify 賠償する

例句 ▶ 同學在餐廳打破了花瓶，**賠償**了好幾千塊。

⑲ 批 **measure word** **pī** a batch or group of sth / sb （物品などの）ひとまとまりの数量

例句 ▶ 這**批**貨是要送往臺中的。

⑳ 運送 **v.** **yùnsòng** to deliver 運送する

例句 ▶ 裡面裝的是易碎品，所以**運送**時，請小心輕放。

㉑ 品管 **n.** **pǐnguǎn** quality control (QC) 品質管理

例句 ▶ 要維持產品品質，**品管**是很重要的。

㉒ 疏失 **n.** **shūshī** negligence ミス、間違い

例句 ▶ 「欲速則不達」是指做事不能太急，否則容易有**疏失**。

㉓ 儘快 **adv.** **jǐnkuài** as soon as possible できるだけ早く

例句 ▶ 這批貨急著要用，請**儘快**出貨。

三、句型語法

（一）Verb ＋ 上

說明：「Verb ＋ 上」表示動作的結果或方向。

Note: The 'Verb + 上' indicates the direction or result of an action.

説明：「Verb ＋ 上」は、動作の結果または方向を表す。

例句：

（1）多運動、多喝水，才能避免疾病找上你。

（2）這間五星級飯店暑假將推出「城市露營假期」優惠方案，喜愛露營的朋友們就可以不用特地跑上山去。

造句：

（1）＿＿＿＿＿＿＿＿＿＿＿＿＿＿＿＿＿＿＿＿＿＿＿＿＿＿＿。

（2）＿＿＿＿＿＿＿＿＿＿＿＿＿＿＿＿＿＿＿＿＿＿＿＿＿＿＿。

2. 關於 + N. phr. / clause，Subj.。
　　（关于）

說明：「關於」的後面是談論中涉及的事物。

Note: 'Guānyú' means 'About~.' It is often used to mark a topic of a statement
　　　or to modify a noun.

說明：「～について」。特定の話題について話すときに用いられる。

例句：

（1）關於居家方面的保險種類，你們有哪幾類？

（2）關於製造或銷售產品的缺陷導致消費者損失，我們公司將會提供相
　　　關的產品責任保險。

造句：

（1）＿＿＿＿＿＿＿＿＿＿＿＿＿＿＿＿＿＿＿＿＿＿＿＿＿＿。

（2）＿＿＿＿＿＿＿＿＿＿＿＿＿＿＿＿＿＿＿＿＿＿＿＿＿＿。

3. Sentence，其中 + clause。

說明：用來介紹在前面的句子裡提到的人、事、物當中的一部分，並對
該部分進一步地描述。

Note: 其中 (qízhōng) means 'among the aforementioned'. It denotes that
something belongs to or is part of a bigger group, and then the detail is
given.

說明：前に述べられた人・物・事のなかから一部を取り上げ、それに
ついてさらに詳しく述べるときに用いられる。

例句：

（1）網路[3]上有各式各樣的新聞，<u>其中</u>不少是假新聞。

（2）我們公司的產品已經投了一筆鉅額的保險，<u>其中</u>運輸造成的損害可
讓顧客獲得賠償。

造句：

（1）_____。

（2）_____。

---

[3] 大陸用語：网络

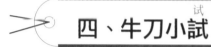

四、牛刀小<ruby>試<rt>试</rt></ruby>

（一）<ruby>聽<rt>听</rt></ruby>力理<ruby>解<rt>解</rt></ruby>　　　　　　　　　　▶▶ MP3-33

<ruby>說<rt>说</rt></ruby>明一：第一<ruby>題<rt>题</rt></ruby>，你<ruby>會<rt>会</rt></ruby><ruby>聽<rt>听</rt></ruby>到<ruby>兩<rt>两</rt></ruby><ruby>個<rt>个</rt></ruby>人的<ruby>對話<rt>对话</rt></ruby>、一<ruby>個問題<rt>个问题</rt></ruby>和（A）（B）
（C）三<ruby>個選項<rt>个选项</rt></ruby>，<ruby>請從選項<rt>请从选项</rt></ruby>中找出一<ruby>個<rt>个</rt></ruby>合<ruby>適<rt>适</rt></ruby>的答案。

1. （　）　（A）海<ruby>嘯<rt>啸</rt></ruby>保<ruby>險<rt>险</rt></ruby>

　　　　　（B）地震保<ruby>險<rt>险</rt></ruby>

　　　　　（C）<ruby>颱風<rt>台风</rt></ruby>洪水保<ruby>險<rt>险</rt></ruby>

<ruby>說<rt>说</rt></ruby>明二：第二<ruby>題<rt>题</rt></ruby>，你<ruby>會聽<rt>会听</rt></ruby>到一<ruby>個<rt>个</rt></ruby>人在<ruby>電話<rt>电话</rt></ruby>中<ruby>對<rt>对</rt></ruby>另一<ruby>個<rt>个</rt></ruby>人<ruby>講話<rt>讲话</rt></ruby>的<ruby>聲<rt>声</rt></ruby>
音、一<ruby>個問題<rt>个问题</rt></ruby>和（A）（B）（C）三<ruby>個選項，請從選項<rt>个选项，请从选项</rt></ruby>
中找出一<ruby>個<rt>个</rt></ruby>合<ruby>適<rt>适</rt></ruby>的答案。

2. （　）　（A）要求<ruby>賠償<rt>赔偿</rt></ruby>

　　　　　（B）<ruby>噓<rt>嘘</rt></ruby>寒<ruby>問<rt>问</rt></ruby>暖

　　　　　（C）<ruby>確認<rt>确认</rt></ruby>商品是否到<ruby>貨<rt>货</rt></ruby>

（二）詞語填空

說明：請把框框內的詞彙填入適當的句子中。

刮痕　卸貨　品管　疏失　補償　賠償　臨櫃

1. 現在網路發達，銀行都會提供網路銀行的服務功能，所以只要線上填寫資料申請，就可以直接開戶，不用跑到＿＿＿＿＿＿辦理。

2. 依照臺灣現行法律，明訂強制汽車責任保險給付標準，最高＿＿＿＿＿＿金額為兩百萬元。

3. 小偷趁店家在忙著＿＿＿＿＿＿、不注意的時候，偷偷跑進店裡偷走好幾萬元現金。

4. 剛剛倒車不小心，稍微擦撞到旁邊的盆栽，導致後保險桿有一道＿＿＿＿＿＿。

5. 要確保商品的品質，＿＿＿＿＿＿作業是不可少的。

（三）情境對話

說明：在這個部分，請根據對話內容，分別從以下四個選項中選擇最合適的回應來完成對話。

ㄅ. 真的很抱歉，如果是我們公司的疏失，我們會儘快給您合理的賠償。

ㄆ. 好的，我們有住宅火災保險、地震保險、颱風洪水保險、居家綜合保險。

ㄇ. 沒問題！就是這些。看看你們公司要怎麼處理和賠償？

ㄈ. 我們的居家保險方面最高理賠是 500 萬，基本上都是看毀損的情況來決定費率的。

---

1. A：請問費率怎麼算呢？

   B：＿＿＿＿＿＿＿＿＿＿＿＿＿＿＿＿＿＿。

2. A：我對　貴公司這次的運送品質太失望了。

   B：＿＿＿＿＿＿＿＿＿＿＿＿＿＿＿＿＿＿。

3. A：關於居家方面的保險種類你們有哪幾樣？

   B：＿＿＿＿＿＿＿＿＿＿＿＿＿＿＿＿＿＿。

4. A：請問方便先讓我去看這批貨哪裡有瑕疵嗎？

   B：＿＿＿＿＿＿＿＿＿＿＿＿＿＿＿＿＿＿。

（四）閱讀測驗

說明：請閱讀以下短文，並回答問題。

晶碩公司海運出口貨物投保單	
保險人：蔡蕎玉	被保險人：蔡蕎玉
標記：	包裝及數量：500臺
保險貨物項目：NT2023	保險貨物金額：500萬
總保險金額：壹仟貳百萬元整 （大寫）	
運輸工具：中港號 （船名）	
裝運港：臺中港	目的港：基隆港
投保險別： 平安險、水漬險、全險	貨物起運日期：2015/06/02
投保日期：2015/06/01	投保人簽字：蔡蕎玉

1. （　）請問總保險金額一共是多少錢？

（A）5,000,000 元

（B）12,000,000 元

（C）10,000,000 元

2. （　）請問 NT2023 最後要被運送到哪個港口？

（A）高雄港　（B）臺中港　（C）基隆港

3. （　） 請問投保險別中**沒有**下列哪項？

（A）戰爭險　　（B）平安險　　（C）水漬險

（五）短文寫作

....

說明：請依以下提示，寫一篇約150字的短文。

假設你在臺灣買東西時發現商品有瑕疵，你要向公司提出賠償，請依課文內容所學，試寫一封詢問賠償內容的書信。

題目：

作文：

五、學以致用

請分組討論，在寫商品投保單時，有哪些事情是必須要知道的？以及理賠的條件有哪些？

六、文化錦(錦)囊

在商業(业)交易裡(里)，只要涉及有關(关)金錢(钱)的交易，此時(时)要將(将)阿拉伯數(数)字轉(转)為(为)中文大寫(写)的寫(写)法，你可以練習寫寫(练习写写)看。

1	2	3	4	5	6	7	8	9	10
壹	貳(贰)	叁	肆	伍	陸(陆)	柒	捌	玖	拾

100	1,000	10,000	100,000,000				0
佰	仟	萬(万)	億(亿)	元（圓(圆)）	角	分	零

名詞(词)解釋(解)

涉及：跟某一個(个)人或某一件事物有關(关)

四、牛刀小試

（一）聽力理解

1. 客人：關於居家方面的保險種類，你們有哪幾樣？

   班傑明：我們有住宅火災保險、地震保險、颱風洪水保險、居家綜合保險。

   請問班傑明沒有提到下面哪一項保險？

2. 陳先生在電話中對班傑明說：昨天我在卸貨檢查商品時，發現只有一百八十五臺 NT2023，和我們合約上說好的兩百臺還差十五臺。還有五臺 NT2023 有輕微的刮痕，我們將要和 貴公司提出賠償要求。

   請問陳先生打這通電話的用意是？

   參考答案：1.（A）　2.（A）

（二）詞語填空

參考答案：1. 臨櫃　2. 賠償　3. 卸貨　4. 刮痕　5. 品管

（三）情境對話

1. ㄈ. 我們的居家保險方面最高理賠是 500 萬，基本上都是看毀損的情況來決定費率的。

2. ㄅ. 真的很抱歉，如果是我們公司的疏失，我們會儘快給您合理的賠償。

3. ㄆ. 好的，我們有住宅火災保險、地震保險、颱風洪水保險、居家綜合保險。

4. ㄇ. 沒問題！就是這些。看看你們公司要怎麼處理和賠償？

（四）閱讀測驗

參考答案：1.（B）　2.（C）　3.（A）

销
较
銷售量¹比較

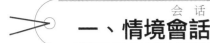

^{会 话}
一、情境會話

情境一　　　　　　　　　　　　　　　　　　　　　▶▶ MP3-34

各部^会會的^经經理跟^{总经}總經理^报報告^销銷售量的^变變化情形。

^{会 话}
會話一

^{总 经}
余總經理：今天我^们們^{会议}會議的主要目的是要了^{解们}解我們公司^这這上半年❷的^销

銷售^{状况}狀況❸，^{并检讨}並檢討❹^{与采取}與採取改^进進策略，所以我^{们废话}們就廢話

❺不多^说說，直接^进進入^{会议题}會議主題吧！市^场場部^{吴经}吳經理已^{经准备}經準備

好，要^{带给们场}帶給我們一^场場精彩❻的^销銷售^报報告。

^{场 吴经}
市^场場部吳經理：是的，在座❼的^{总经}總經理以及各位同仁，大家好！^请請大

家先^来來看^{这张图}這張圖表❽，^{从这张图}從這張圖表，我^们們可以看到今

年上半年的^{总销}總銷售量，今年我^们們的新^产產品推出^后後，持

^{续 周销 现稳 长 周骤}
續六週的銷售量都呈現❾穩定❿成長，第七週驟降⓫，

到了第八^周週降到最低^点點。

^{叶经 经过顾 见调 发现 个}
品管[1]部葉經理：經過顧客意見調查，發現原因是那個月有另一家公司

正好推出最新款⓬平板^{电脑}電腦，因此本公司^销銷售量受到

^响
影響。

---

[1]　大陸用語：质管

市場部吳經理：是的，接下來三週的銷售量一直維持⑬停滯⑭狀態⑮。
我們都非常努力地想要扭轉情勢⑯。

行銷[2]部陳先生：當時我們舉辦公司週年慶的活動，利用更優惠的價格
企圖讓消費者回流⑰，經過統計後，我們發現促銷方
案很成功，接下來幾週我們增加了不少訂單。

市場部吳經理：沒錯！在第12週，我們的銷售量<u>不僅</u>明顯躍升⑱並衝
⑲到高峰⑳，<u>甚至</u>高出㉑預期的12個百分點㉒，並且
持續四週領先㉓所有其他科技公司。但是，到了最後
三週，銷售量卻不太穩定。

情境二　▶▶ MP3-35

面對總經理的詢問與批評，經理們紛紛㉔提出改善策略。

會話二

余總經理：造成不穩定的原因是什麼？

品管部葉經理：在最後的三週，我們也接到較多的客訴電話。有比較
多的顧客反應他們買到瑕疵品㉕。

余總經理：產品有瑕疵！這樣會嚴重打擊㉖公司產品品質[3]和信譽㉗的
事，怎麼可以發生！是工廠在生產作業上的疏忽㉘嗎？

---

[2] 大陸用語：营销
[3] 大陸用語：质量

工廠王廠長：我們工廠從成立以來₂，每一部機器一直₂有定期的維護㉙
管理。接到品管部來電通知後，我們在上個星期又把工廠
的每一部機器都徹底㉚地檢查一遍，並從本週一開始，我
們每個月都舉辦一次作業員㉛的技術進修研習㉜。

研發部譚經理：針對品管部提出的問題，我們研發部也在硬體[4]㉝和軟
體[5]的研發上有了新的進展，打算將新的研發應用到下
一期的新產品，未來的新產品將會比NT2023更省電㉞，
更輕薄，甚至附加㉟更多免費、創新軟體。

余總經理：嗯！嗯！很好！因為₃時間的緣故㊱₃，今天我們的會議就
先到這裡結束，下一次開會，我們將討論下一期新產品的
行銷方式與行銷預算。

4　大陸用語：硬件
5　大陸用語：軟件

二、生詞 ^(词)

正體字 ^(体) 詞性 ^(词) 漢語拼音 ^(汉语) 英譯 ^(译) 日譯 ^(译)

❶ 銷售量 ^(销) **n.** **xiāoshòuliàng** sales 販売量

> 例句 ▶ 由於經濟不景氣，公司產品的**銷售量**呈現雪崩式地下滑。
> ^(于 经 济 气 产 销 现 滑)

❷ 上半年 **phr.** **shàngbàn nián** the first half year 上半期

> 例句 ▶ 臺灣**上半年**都沒有下雨，再這樣下去，要開始限水了。
> ^(台湾 没 这样 开)

❸ 狀況 ^(壮 况) **n.** **zhuàngkuàng** situation 狀況、樣相、狀態

> 例句 ▶ 病人的身體**狀況**非常差，可能活不過今晚。
> ^(体 状 况 过)

❹ 檢討 ^(检 讨) **v.** **jiǎntǎo** to self-criticize 省みる、反省する

> 例句 ▶ 我們下午要開會，**檢討**新產品銷售不佳的原因。
> ^(们 开 会 检 讨 产 销)

❺ 廢話 ^(废 话) **n.** **fèihuà** nonsense ナンセンス、無駄話

> 例句 ▶ 請你多做事，少說**廢話**。
> ^(请 说 废 话)

❻ 精彩 ^(采) **adj.** **jīngcǎi** excellent; wonderful （パフォーマンスや演出

が）すばらしい

> 例句 ▶ 101 大樓的跨年煙火秀非常**精彩**，每年都吸引許多遊客。
> ^(楼 烟 采 许 游)

❼ 在座 **adj.** **zàizuò** be present 来席、同席

> 例句 ▶ 感謝今天**在座**的各位來參加我們的婚禮。
> ^(谢 来 参 们 礼)

❽ 　**圖表**　**n.　túbiǎo**　graph; diagram　図表
> 图

例句 ▶▶ 請你幫我把這些資料[6]整理成**圖表**。
> 请 帮 这 资 图

❾ 　**呈現**　**v.　chéngxiàn**　to appear　現れる、呈する
> 现

例句 ▶▶ 他在畫中大量使用陰暗的顏色，**呈現**出悲傷的感覺。
> 画 阴 颜 现 伤 觉

❿ 　**穩定**　**adj.　wěndìng**　stable　安定
> 稳

例句 ▶▶ 他們家沒有**穩定**的收入，所以孩子常常吃不飽。
> 们 没 稳 饱

⓫ 　**驟降**　**v.　zòujiàng**　to plunge　急落する、急に下がる
> 骤

例句 ▶▶ 明天的氣溫將**驟降**十度以上，請記得多穿一些衣服。
> 气温将骤 请记

⓬ 　**新款**　**adj.　xīnkuǎn**　new-style　新しいデザイン、新しいスタイル

例句 ▶▶ 今年**新款**的球鞋一推出，馬上就吸引許多人搶購。
> 马上 许 抢购

⓭ 　**維持**　**v.　wéichí**　to keep; to maintain　維持する
> 维

例句 ▶▶ 為了**維持**好身材，他每天都到健身房運動。
> 为 维 运动

⓮ 　**停滯**　**v.　tíngzhì**　to stagnate　停滞する
> 滞

例句 ▶▶ 我們國家的經濟發展已經**停滯**了。
> 们 国 经济发 经 滞

⓯ 　**狀態**　**n.　zhuàngtài**　state; condition　状態
> 状 态

例句 ▶▶ 經過幾次創業失敗，他現在的心理**狀態**變得負面又消極。
> 经过几 创业 败 现 状态变 负 极

⓰ 　**扭轉情勢**　**phr.　niǔzhuǎn qíngshì**　to turn the tide　情勢を変える
> 转 势

例句 ▶▶ 為了**扭轉情勢**，我們有必要採取有效的措施。
> 为 转 势 们 采

6　大陸用語：数据

⑰ 回流　**v.　huíliú**　to turn around; to reflux　戻ってくる

例句 ▶ 我們需要想一些優惠方案，讓消費者回流。

⑱ 躍升　**v.　yuèshēng**　to jump　躍進する

例句 ▶ 他才進公司半年，就從一個小職員躍升到經理的職位了。

⑲ 衝　**v.　chōng**　to rush　突き進む

例句 ▶ 繼續衝！不要停下！警察還在後面緊追不捨！

⑳ 高峰　**n.　gāofēng**　peak　ピーク

例句 ▶ 我們要再創銷售高峰，重新奪回銷售冠軍的稱號。

㉑ 高出　**v.　gāochū**　to surpass; to exceed; to go beyond; to be higher

than　上回る、抜きん出る

例句 ▶ 俄烏戰爭開戰以來，汽油價格比往年高出許多。

㉒ 百分點　**n.　bǎifēndiǎn**　percentage　パーセント

例句 ▶ 這個月的銷售量比上個月多了五個百分點。

㉓ 領先　**v.　lǐngxiān**　to lead　リードする

例句 ▶ 臺灣的高科技產業領先其他的國家至少十年。

㉔ 紛紛　**adv.　fēnfēn**　one after another; in succession　次々と

例句 ▶ 到了提問時間，學生紛紛舉手提出自己的問題。

㉕ 瑕疵品　**n.　xiácīpǐn**　defect　不良品

例句 ▶ 如果商品是瑕疵品，七天內都能幫您更換。

㉖ 打擊 **v. dǎjí** to attack 打撃を与える

> 例句▶ 這幾個月警察**打擊**犯罪不遺餘力,現在的治安好了很多。

㉗ 信譽 **n. xìnyù** reputation 信用、信頼

> 例句▶ 這家商店童叟無欺,**信譽**非常好。

㉘ 疏忽 **n. shūhū** oversight ミス、誤り

> 例句▶ 為什麼會有這樣的**疏忽**?我們需要開會檢討一下。

㉙ 維護 **n. wéihù** maintenance 保護する、守る

> 例句▶ 網路[7]行銷,除了架設網站之外,還得做好網站的**維護**管理。

㉚ 徹底 **adv. chèdǐ** thoroughly; completely 徹底的に、すっかり

> 例句▶ 妹妹**徹底**忘了寒假作業,每天都玩得很開心。

㉛ 作業員 **n. zuòyèyuán** (in a factory) operator; worker （工場の）
オペレーター、ワーカー

> 例句▶ 那間工廠的**作業員**時薪很低,工作環境也很差,建議你別去。

㉜ 進修研習 **phr. jìnxiūyánxí** continuing education さらに進んだ研
修、さらに進んだ研究・学習

> 例句▶ 小美每天下班後,都會去參加和工作有關的**進修研習**。

㉝ 硬體 **n. yìngtǐ** hardware ハードウェア

> 例句▶ 這個設備的**硬體**太舊了,你要不要考慮換一臺新的?

---

7 大陸用語:网络

㉞ 省電 **adj. shěngdiàn** energy-efficient 省エネ

例句 ▶ 這臺省電的冰箱，每個月大概幫我省了 300 元的電費。

㉟ 附加 **adj. fùjiā** additional 追加、付帯、付け加えた

例句 ▶ 這次的新產品有許多附加的功能，相信一定會受到消費者的喜愛。

㊱ 緣故 **n. yuángù** reason; cause 〜のため、原因、理由

例句 ▶ 因為時間的緣故，我們今天就先下課。

三、句型語法

1. N. + 不僅(仅) + V. phr. ，甚至 V. phr. / clause。

   說明：本句型用於對一個情況做進一步的描述，其中「甚至」後面的語詞所描述的程度高過預期。

   Note: This pattern describes two ideas about the topic. The description after 'shènzhì' expresses something out of expectation.

   説明：ある状況について、さらに述べるときに用いられる。「甚至」の後では、予想を超えたことが述べられる。「～だけでなく、（さらに）～も」。

   例句：

   （1）他不僅能歌善舞，甚至琴棋書畫都難不倒他。

   （2）第四週的銷售量不僅衝到最高峰，甚至領先了所有其他的科技公司。

   造句：

   （1）＿＿＿＿＿＿＿＿＿＿＿＿＿＿＿＿＿＿＿＿＿＿＿＿＿＿＿。

   （2）＿＿＿＿＿＿＿＿＿＿＿＿＿＿＿＿＿＿＿＿＿＿＿＿＿＿＿。

2. Subj. / N. + 以來，(Subj.) 一直 + V. phr.。

說明：這個句型用來描述從某個時間開始，或一段長時間到現在，某種狀態的持續。

Note: This pattern has a reference time starting in the past or has been going on for a long time. It describes a situation that continues till now.

説明：過去から現在に至るまでの長い間、ある情態がいていることを示す文型。「～以来ずっと」。

例句：

（1）長期以來，我們一直非常重視顧客的建議。

（2）工廠從成立以來，每一部機器一直都會定期檢查。

造句：

（1）_____。

（2）_____。

3. 因為 N. / N. phr. 的緣故，clause。

說明：本句型用於描述原因，以及之後的結果。

Note: This pattern describes the reason why something happened.

説明：原因について述べたのち、その原因によって生じた結果が表される。「〜なので」、「〜のため」。

例句：

（1）因為颱風的緣故，下午的飛機停飛了。

（2）因為新冠肺炎疫情的緣故，各級學校都改採線上 [8] 上課。

造句：

（1）＿＿＿＿＿＿＿＿＿＿＿＿＿＿＿＿＿＿＿＿＿＿＿＿＿＿＿。

（2）＿＿＿＿＿＿＿＿＿＿＿＿＿＿＿＿＿＿＿＿＿＿＿＿＿＿＿。

---

[8]　大陸用語：在线

（一）聽^听力理解^解

▶▶ MP3-36

說^说明：在這^这個^个部分，你會^会聽^听到一句話^话和（A）（B）（C）（D）四個選項^{个 选 项}，請從選項中找出一個適應^{请 个 适 应}來^来完成對話^{对 话}。

1. （　）　（A）為^为什麼^么不可以呢？

　　　　　（B）我們^们已經報^{经 报}警處^处理。

　　　　　（C）還^还好沒^没有任何人受傷^伤。

　　　　　（D）我們^们已經釐^{经 厘}清問題來^{问 题 来}源。

2. （　）　（A）明天氣溫會回溫^{气 温 会 温}。

　　　　　（B）快去看醫^医生，情況會^{况 会}好轉^转的。

　　　　　（C）你們^们打算用什麼^么方式改變^变目前情形呢？

　　　　　（D）一分耕耘一分收穫^获，應該^{应 该}好好努力工作。

3. （　）　（A）未來^来的事我不知道。

　　　　　（B）你的新電腦^{电 脑}太多了。

　　　　　（C）哇！我已經開^{经 开}始期待了。

　　　　　（D）我現^现有的電腦^{电 脑}比你的更省電^电、更輕^轻薄。

（二）詞語填空

說明：請把框框內的詞彙填入適當的句子中。

| 緣故　領先　定期　扭轉情勢　信譽 |

1. 我們公司每個月會＿＿＿＿＿＿舉辦檢討會。

2. 因為價錢的＿＿＿＿＿＿，他後來放棄買最新款的手機了。

3. 上半年的業績並不理想，下半年我們都想＿＿＿＿＿＿。

4. 品質的保障對一家公司的＿＿＿＿＿＿而言是一件非常重要的
   事。

5. 這家公司產出的軟體一直以來都是＿＿＿＿＿＿全球其他公司
   的。

（三）情境對話

說明：在這個部分，請根據對話內容，分別從以下五個選項中選擇
最合適的回應來完成對話。

ㄅ. 是工廠在生產作業上的疏忽嗎？

ㄆ. 太好了，我們公司的銷售量已經領先其他廠商了。

ㄇ. 我們發現連續幾週本公司的銷售量都呈現停滯狀態。

ㄈ. 今天我們會議的主題是了解我們公司這上半年的銷售狀況，
並做檢討與改進策略。

ㄉ. 從這個圖表，我們可以得知其他廠商的銷售情形，或許我們
可以從中找出銷售量不穩定的原因。

---

1. A：造成銷售量不穩定的原因是什麼呢？

   B：_____。

2. A：我們就廢話不多說，直接進入會議主題吧！

   B：_____。

3. A：最近有比較多的顧客反應他們買到有瑕疵的商品。

   B：_____。

4. A：我們發現促銷方式很成功，接下來幾週我們增加了不少訂
單。

   B：_____。

5. A：上個月其他公司正好推出新款電腦，本公司銷售量因此受到
影響。

B：＿＿＿＿＿＿＿＿＿＿＿＿＿＿＿＿＿＿＿＿＿。

（四）閱讀測驗

說明：請閱讀以下短文，並回答問題。

　　晶碩公司推出新產品後，公司的銷售量一直都有不錯的成績，
但是當另一家公司也推出新產品後，晶碩公司的銷售量卻開始往下
降。這時總經理決定利用特價的促銷手法刺激買氣，經過兩個星期
的特價活動，新的促銷手法果然扭轉情勢，最後不僅高過原本預期
額度的 12 個百分點，甚至讓晶碩公司領先其他的科技公司，成為
銷售冠軍，不過，顧客反應的問題也比以前更多了。因為客訴增加
的緣故，總經理決定召開緊急會議商量對策。

1. （　　）　下列敘述何者**錯誤**？

（A）特賣會是讓業績回溫的轉捩點[9]。

（B）總經理召開緊急會議是因為客訴量增加。

（C）晶碩公司推出新產品後，銷售量始終維持領先。

（D）曾有其他公司推出的新產品影響了晶碩公司的銷
售量。

---

[9]　大陸用語：转折点

2. （ ） 下列何者**不是**晶碩公司舉辦特賣會的原因？

（A）為了刺激買氣

（B）因為同業公司的競爭

（C）因銷售量有下降趨勢

（D）因為顧客反應的問題比以前多

3. （ ） 下列何者最有可能是總經理召開緊急會議的主題？

（A）新進人員的介紹

（B）員工福利制度的調整

（C）工作人員的進修研習課程安排

（D）銷售量的分析與客訴案件的檢討

（五）短文寫作

說明：請依以下提示，寫一篇約150字的短文。

以下圖表是晶碩公司和另一家公司上半年平板電腦銷售量比較的折線圖。請你照著你在圖表中所看到的，寫下圖表分析報告。

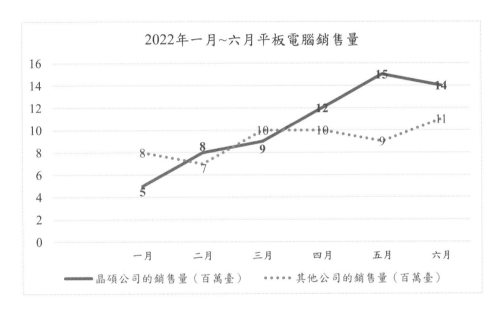

題目：

作文：

五、學以致用

各種圖表的說法

請你選擇一個主題,做成下面列舉的其中一種圖表,並與同學分享。

1. 長條圖

2. 直方圖

3. 折線圖

4. 圓餅圖

六、文化錦囊

　　經過多方的努力，臺灣的護國神山——台積電，在2020年宣布到美國的亞利桑那州設廠後，也著手安排多名美國工程師來臺受訓。不過，其中有一位工程師卻在網路平臺爆料，在台積電工作的時數過長、得常常加班、軟體設備老舊、開會頻率過多且沒有效率等問題，引起網友一片熱烈討論。有一派的人認為這位美國工程師說出了大部分臺灣人的職場心聲，但是也有一派人認為因為臺灣人刻苦耐勞的民族性，所以才能創造臺灣經濟奇蹟，造就了現今的臺灣。

　　事實上，「忙」這個詞在許多國家的語言裡都有：英文是「busy」、日文是「忙しい」、德文是「belebt」、法文是「occupé」或「occupée」……。隨著社會分工愈來愈精細，現代人處理的事務就變得多元且複雜。當一天的時間不變時，得工作內容變多的情況下，就會讓人覺得時間不夠用，必須加班來完成被交辦的任務，而日積月累的結果就產生了身心壓力。只是，各國的企業組織文化和營運管理方式不同，員工感受忙碌的程度就會有所差異。

　　最近這幾年，臺灣掀起一股樂活養生的風潮，越來越多人開始重視生活品質，尤其是八年級以後的年輕人，他們的想法是工作是為了生活，工作不能影響生活，所以求職時，薪水高低反而不是最主要的考量因素了。因此，如何在「營利」與「福利」之間取得平衡、達成共識？就成為現今臺灣勞資雙方必須共同面對的重要課題。

四、牛刀小試

（一）聽力理解

1. 這樣嚴重打擊公司品質信譽的事怎麼可以發生？

2. 這幾週銷售量呈現下降趨勢，我們都非常努力地想要扭轉情勢。

3. 未來的新電腦將會比現有的電腦更省電、更輕薄。

參考答案：1.（D）　2.（C）　3.（C）

（二）詞語填空

參考答案：1.定期　2.緣故　3.扭轉情勢　4.信譽　5.領先

（三）情境對話

1. ㄅ. 從這個圖表，我們可以得知其他廠商的銷售情形，或許我們可以從中找出銷售量不穩定的原因。

2. ㄈ. 今天我們會議的主題是了解我們公司這上半年的銷售狀況，並做檢討與改進策略。

3. ㄅ. 是工廠在生產作業上的疏忽嗎？

4. ㄆ. 太好了，我們公司的銷售量已經領先其他廠商了。

5. ㄇ. 我們發現連續幾週本公司的銷售量都呈現停滯狀態。

（四）閱讀測驗

參考答案：1.（C）　2.（D）　3.（D）

memo

Lesson 13

赔　　与　　偿
索賠[1]與求償[2]

一、情境會話

情境一

▶▶ MP3-37

班傑明接到顧客陳小姐的電話。在電話中，陳小姐抱怨新買的電腦有問題，而班傑明則根據陳小姐的描述，給予❸適當的協助。

會話一

（電話響）

班傑明：晶碩公司您好，很高興為您服務❹。

顧客：我要客訴❺！我最近才❻買的NT2023，這幾天都出現開機❼的問題，還有，我明明❽充了電，<u>才</u>₁用一下子，<u>竟然</u>₂<u>就</u>₁沒電了。我把它拿回店家要求維修❾，他們<u>卻</u>₃說是人為因素造成的損害。我覺得這實在是太不合理❿了！

班傑明：對於造成您的不便，我們感到非常抱歉⓫。請問這位小姐，我要怎麼稱呼⓬您呢？

顧客：敝⓭姓陳。

班傑明：陳小姐，您好！請讓我先了解一下您的情形，請問您的NT2023大概買多久了？

顧客：大約一個星期以前買的。

班傑明：請問這一個星期中，您的電腦是否曾碰到水，或是被帶到濕氣⑭重的地方呢？

顧客：沒有。

班傑明：那麼，因為NT2023是新版⑮的系統介面⑯，和以往的電腦比較不一樣。若⑰₄您在關機⑱時是按綠色鍵而不是藍色鍵，系統只會進入休眠狀態⑲而不會真正關機。請問您在關機時，是按系統介面中的藍色鍵嗎？

顧客：我很確定我是按藍色鍵。

班傑明：這樣的話，也許是內建電池出了問題。因為您的產品還在保固期⑳內，所以您只要把產品和發票一併㉑寄回公司，公司就會換一臺全新的NT2023給您。

顧客：好！這樣的話，我可以接受。

班傑明：您所反應的問題，對我們而言非常寶貴㉒。請問還有其他問題嗎？

顧客：沒有！

班傑明：謝謝您的來電㉓，很高興為您服務，再見！

一星期後，班傑明再次接到陳小姐的電話。陳小姐在電話中表示，對晶碩公司的解決方式感到滿意。

會話二

（一個星期後）

班傑明：您好！這裡是晶碩公司，很高興為您服務。

顧客：你好！我是上次打電話來的陳小姐。

班傑明：陳小姐，您好！請問陳小姐已經收到公司寄給您的新電腦了嗎？

顧客：嗯！我前兩天就收到了。

班傑明：請問您這兩天在使用電腦的時候，還有出現開機和蓄電力❷❹不持久❷❺的問題嗎？

顧客：沒有了，這臺比之前那臺正常多了，非常好用，功能性很強。

班傑明：您對本公司處理退件❷❻換貨的速度還滿意嗎？

顧客：嗯……我把舊的退件後，隔一天就收到新的了，速度滿快的，不錯，我很滿意！

班傑明：我謹❷❼代表公司再一次感謝您的消費❷❽與支持，謝謝您！

正體字　詞性　漢語拼音　英譯　日譯

❶ 索賠　**v.　suǒpéi**　to request for compensation　賠償請求をする

例句▶ 受害者向國家索賠 3000 萬費用。

❷ 求償　**v.　qiúcháng**　to seek compensation　賠償を求める

例句▶ 這起意外所造成的損失，可向有關單位求償。

❸ 給予　**v.　gěiyǔ**　to give; to grant　与える

例句▶ 在求職的過程，家人及朋友給予我很多建議，讓我順利找到了新工作。

❹ 服務　**n.　fúwù**　service　サービス

例句▶ 這家餐廳的服務非常周到，難怪非常多人預約。

❺ 客訴　**v.　kèsù**　to file a customer complaint (used in Taiwan)　苦情を
言う、クレームを言う

例句▶ 因為他做事心不在焉，所以常常被客人客訴。

❻ 才　**adv.　cái**　just　やっと、〜したばかり

例句▶ 我剛剛才停好車去買東西，想不到立刻就收到警察開的違規罰單。

❼ 開機 **v.** **kāijī** to start a machine (computer, cellphone etc.), to turn on or power on; to start shooting (a film) 立ち上がる、立ち上げる、起動する、ブートする

> 例句 ▶▶ 不同廠牌手機強制重新關機、**開機**的方式不同,建議你要查閱一下使用說明書。

❽ 明明 **adv.** **míngmíng** obviously 明らかに

> 例句 ▶▶ 妹妹**明明**才剛吃完一大碗咖哩飯,現在又吃了兩人份的火鍋。

❾ 維修 **v.** **wéixiū** to keep in good repair; to maintain; to mend 維持 修理をする、補修する、整備する

> 例句 ▶▶ 寒暑假期間是學校**維修**課桌椅的時間。

❿ 合理 **adj.** **hélǐ** reasonable 筋が通っている、リーズナブル

> 例句 ▶▶ 這家米其林餐廳的價格很**合理**,服務又好,食材也很新鮮。

⓫ 抱歉 **v.** **bàoqiàn** to regret 申し訳なく思う

> 例句 ▶▶ **抱歉**,我早上睡過頭,錯過重要的會議。

⓬ 稱呼 **v.** **chēnghu** to call; to address as 呼び方、呼称

> 例句 ▶▶ 爸爸的姐姐要**稱呼**為姑姑。

⓭ 敝 **adj.** **bì** my (polite) 弊、(自分の姓や学校、会社の前につける)謙讓語

> 例句 ▶▶ **敝**姓李,叫我小李就可以。

⑭ 濕氣 **n. shīqì** moisture 湿気

例句▶▶ 梅雨季節濕氣太重，很多家具都發霉了。

⑮ 新版 **n. xīnbǎn** new edition; new version 新版

例句▶▶ 同學推薦我一本新版的成語字典。

⑯ 系統介面 **phr. xìtǒng jièmiàn** system interface インターフェース

例句▶▶ 改版之後，新的系統介面用得很不習慣。

⑰ 若 **conj ruò** if もし

例句▶▶ 若你執意要做，我也攔不住你。

⑱ 關機 **v. guānjī** to turn off; to power off (the computer) （コンピューターを）シャットダウンする、パワーオフする、（機械などの）電源を切る

例句▶▶ 離開辦公室前記得要把電腦關機。

⑲ 休眠狀態 **phr. xiūmián zhuàngtài** sleep mode; inactive state
（コンピューターなどの）スリープ状態

例句▶▶ 我等等還要使用這台電腦，你先幫我設定成休眠狀態。

⑳ 保固期 **n. bǎogùqí** warranty period 保証期間

例句▶▶ 購買電子產品通常會附帶一年的保固期，如果壞了可以送去維修。

㉑ 一併 **adv. yíbìng** along with all the others いっしょに、あわせて

例句▶▶ 昨天和今天的垃圾先放在外面，我明天早上一併拿去丟。

㉒ 寶貴 adj. bǎoguì valuable; precious 貴重な

例句▶ 謝謝您寶貴的建議，我一定會記在心裡。

㉓ 來電 v. láidiàn to send a telegram; to make a call 電話がかかって
くる

例句▶ 如果對產品有任何問題，歡迎來電詢問。

㉔ 蓄電力 n. xùdiànlì power storage バッテリーの容量、パワースト
レージ

例句▶ 電子產品用久了，通常會有蓄電力不持久的問題。

㉕ 持久 adj. chíjiǔ lasting, persistent 長持ちする、長続きする

例句▶ 買筆電時，電池持不持久是我很大的考量點之一。

㉖ 退件 v. tuìjiàn to return an item to the sender 返却する

例句▶ 這件包裹因為收件人的地址錯誤，遭到退件。

㉗ 謹 adv. jǐn sincerely (formal) 謹んで

例句▶ 對於您所遭遇的問題，我謹代表公司向您表達誠摯的歉意。

㉘ 消費 v. xiāofèi to purchase; to consume 購入する、消費する

例句▶ 姐姐最喜歡做的事情就是去百貨公司消費。

三、句型語法

1. Subj. ＋ 才 ＋ V. phr.1，就 ＋ V. phr.2。

說明：本句型用於表示說話者覺得數量少或時間短。

Note: This pattern is used to indicate that speaker thinks something is fewer or
less than expected.

説明：話し手の予想よりも少ない、あるいは時間が短いことを表す文
型。

例句：

（1）我才買一天，電腦就壞了。

（2）手機才用了一下子，電池就沒電了。

造句：

（1）＿＿＿＿＿＿＿＿＿＿＿＿＿＿＿＿＿＿＿＿＿＿＿＿＿＿＿。

（2）＿＿＿＿＿＿＿＿＿＿＿＿＿＿＿＿＿＿＿＿＿＿＿＿＿＿＿。

2. Subj. + 竟然 + V. phr.

說明：「竟然」用於主語之後，以表示說話者覺得事情出乎意料。「竟然」
與「居然」的意思相同，但沒有那麼強烈的感覺。

Note: This pattern expresses something is unexpected. The adverb 竟然
（jìngrán） is used after the subject. 竟然 has the same meaning as 居
然（jūrán）, but it is not as intense.

説明：「竟然」は主語の後ろに置かれ、話し手が意外に思ったことを
表す。「竟然」と意味がほぼ同じものに「居然」があるが、
「竟然」には「居然」ほどの強さはない。「意外にも」、「な
んと」。

例句：

（1）這麼重要的事，他竟然不知道！

（2）在不景氣的時代，這檔[1]股票竟然翻倍漲。

造句：

（1）＿＿＿＿＿＿＿＿＿＿＿＿＿＿＿＿＿＿＿＿＿＿＿＿＿＿＿＿。

（2）＿＿＿＿＿＿＿＿＿＿＿＿＿＿＿＿＿＿＿＿＿＿＿＿＿＿＿＿。

---

[1]　大陸用語：只

3. Subj.1 + V1，（但是）+ Subj.2 + 卻 + V2。

說明：表示轉折相承，相當於「但是」，有時句子裡也會同時出現「但是」
和「卻」。

Note: '卻（què）' is used to indicate something contrasting with what is already mentioned. Sometimes the conjunction 'dànshì' is also used in the second half of the sentence.

説明：話の流れが変わることを表し、「但是」の意味に相当する。句の中で「但是」と「卻」がともに用いられることもある。

例句：

（1）很多公司推出新的3C電子產品，這些產品好用卻容易故障。

（2）店家叫我拿回維修好的電腦，拿的時候老闆卻找不到我的電腦。

造句：

（1）＿＿＿＿＿＿＿＿＿＿＿＿＿＿＿＿＿＿＿＿＿＿＿＿＿＿＿＿。

（2）＿＿＿＿＿＿＿＿＿＿＿＿＿＿＿＿＿＿＿＿＿＿＿＿＿＿＿＿。

4. 若 + Subj.1 + V2，Subj.2 + V2。

說明：「若」即「如果」的意思，常用於書面語。

Note: '若' is same as '如果' when it is used to express 'if'. It is more common to use it in written form.

說明：「若」は「如果」の意味であり、書きことばで多く用いられる。

例句：

（1）若您在關機時是按綠色鍵而不是藍色鍵，系統不會真正關機。

（2）若老師當初是責罵我而不是鼓勵我，我今天就不會有這樣的成績了。

造句：

（1）_____。

（2）_____。

四、牛刀小試

（一）聽力理解

▶▶ MP3-39

說明：在這個部分，你會聽到一句話和（A）（B）（C）（D）四個選項，請從選項中找出一個合適的回應來完成對話。

1. （　）　（A）我去叫經理出來。

　　　　　　（B）請您不要開玩笑。

　　　　　　（C）沒問題，讓您久等了。

　　　　　　（D）請問您的商品是出了什麼問題呢？

2. （　）　（A）因為你沒有帶電池。

　　　　　　（B）你用手機用了太久了。

　　　　　　（C）也許是你忘記把手機充電。

　　　　　　（D）可能是內建電池出了問題。

3. （　）　（A）我的爸爸對你很滿意。

　　　　　　（B）感謝您的消費與支持。

　　　　　　（C）我們一直都很重視服務品質。

　　　　　　（D）若能讓客訴方式更簡單會更好。

（二）詞語填空

....

說明：請把框框內的詞彙填入適當的句子中。

反應　客訴　新版　關機　索賠　求償

1. 管理公司處理＿＿＿＿＿＿＿的流程與態度非常地重要。

2. 客訴的內容大部分是為了＿＿＿＿＿＿與＿＿＿＿＿。

3. 現在的電子產品多是使用＿＿＿＿＿＿的系統。

4. 去電影院觀賞電影，請將手機＿＿＿＿＿＿或調整為靜音。

5. 每一位消費者的＿＿＿＿＿＿我們都該重視。

（三）情境對話

說明：在這個部分，請根據對話內容，分別從以下五個選項中選擇最合適的回應來完成對話。

ㄅ. 敝姓王，可以叫我王先生。

ㄆ. 可能是電池出了問題。

ㄇ. 我想要請問一些關於你們公司新產品的問題。

ㄈ. 對，我明明充了電，才用一下子，竟然就沒電了。

ㄉ. 對於我們讓您感到的不愉快，真的很抱歉。

---

1. A：晶碩公司您好，很高興為您服務。

   B：＿＿＿＿＿＿＿＿＿＿＿＿＿＿＿＿＿＿＿。

2. A：請問這位先生，我要怎麼稱呼您呢？

   B：＿＿＿＿＿＿＿＿＿＿＿＿＿＿＿＿＿＿＿。

3. A：李小姐您好，請讓我先了解一下您的情形，您說您的手機有電量耗損過快的問題，是嗎？

   B：＿＿＿＿＿＿＿＿＿＿＿＿＿＿＿＿＿＿＿。

4. A：我要客訴，你們的產品品質[2]不好，又沒有售後服務，我覺
   得太不合理了！

   B：＿＿＿＿＿＿＿＿＿＿＿＿＿＿＿＿＿＿＿＿＿＿＿＿＿＿＿。

5. A：我明明充電了，才用一下子，竟然就沒電了。

   B：＿＿＿＿＿＿＿＿＿＿＿＿＿＿＿＿＿＿＿＿＿＿＿＿＿＿＿。

（四）閱讀測驗

說明：請閱讀以下短文，並回答問題。

　　班傑明接到一通客訴電話，電話中陳小姐說她才買幾天的電腦，竟然出現開機的問題，她很肯定沒有把電腦帶到濕氣重的地方，也沒有按錯關機鍵，但是當她把電腦帶回店家要求維修時，店家卻覺得是人為因素造成的問題，陳小姐很生氣，因為她覺得沒有得到合理的服務，因此打電話到總公司要求賠償。

1. （　）　請問依照文中線索，陳小姐講電話的語氣應該是？

　　（A）悲傷

　　（B）興奮

　　（C）憤怒

　　（D）幽默

---

[2]　大陸用語：质量

2. （　）請問陳小姐打這通電話的目的為何？

（A）詢問開機方式

（B）要求額外的服務

（C）釐清電腦問題

（D）要求合理賠償

3. （　）請問下列何者最<u>不</u>可能是陳小姐電腦出問題的原因？

（A）她按錯關機鍵

（B）內建電池出問題

（C）產品有瑕疵

（D）運送過程中產品受到損害

（五）短文寫作

說明：以下是一位顧客的客訴電話內容，請你將它摘錄成100～150字的客訴紀錄。

我在週年慶大特價的時候買了這支新的手機，這是要送給我媽媽當作母親節禮物的，所以我買回家並沒有馬上拆開包裝。大約兩個星期後，我把禮物送給我媽媽，我才發現產品有瑕疵。這支手機作業系統速度太慢，每次從相機模式要回到首頁時，只要按下「回首頁」的按鍵，系統就當機，常常需要等到五分鐘之後才會恢復正常，不然就得重新開機。我把產品拿回去退貨，但因為已經過了七天的鑑賞期，所以商家並不同意退貨，他們建議我把產品寄回總公司維修。我把手機寄回總公司維修時，他們竟然告訴我，因為是配合週年慶大特價的商品，因此產品沒有附加保固期服務，所以我得付費才可以維修。我覺得真是太不合理了，我花了一大筆錢買了一支不能用的手機，現在又要我再花錢修理。而且，為什麼週年慶大特價的商品沒有保固期服務呢？我買手機時，商家並沒有說明清楚呀！真是太令人生氣了！

題目：

作文：

五、學以致用

如何適當地處理與應對顧客不滿的情緒是很重要的。想要培養自己的客服應對能力，提升顧客滿意度，不妨參考以下五個步驟：

步驟1：為「對顧客造成的不愉快」誠心道歉。此時，你可以說：「對於我們產品給您造成的不愉快，我們感到非常抱歉」。

步驟2：認真傾聽，理解顧客的需求。應避免在顧客話都還沒說完，就急著反駁或解釋。在聆聽及記錄客訴過程中可發現，有些人只是單純抱怨，有些人則是想要索賠。

步驟3：確認事實和目的，釐清模糊的訊息。傾聽的同時，重複顧客說的話，並且拿起筆來記錄對方反覆強調的重點，記錄的資訊[3]包括：發生了什麼事、發生的時間和地點、影響的程度如何⋯⋯等等。

步驟4：以「公平」為原則，提出解決方案。

步驟5：後續追蹤，了解顧客滿意度與改進方向。

---

[3] 大陸用語：信息

六、文化錦囊

遇到不講道理的客人，應該要如何有理又不失禮的拒絕呢？星雲大師提到：「拒絕」是一種藝術，當別人對你有所希求而你辦不到時，你不得不拒絕他。因此，其在佛光山全球資訊網[4]上提供11項原則，筆者整理為「六不五要」如下：

（一）六不

1. 不立刻就拒絕

2. 不輕易地拒絕

3. 不盛怒下拒絕

4. 不隨便地拒絕

5. 不無情地拒絕

6. 不傲慢地拒絕

（二）五要：

1. 要能婉轉地拒絕

2. 要有笑容地拒絕

3. 要有代替地拒絕

4. 要有出路地拒絕

5. 要有幫助地拒絕

也就是說你雖然拒絕了，但卻在其它方面給他一些幫助，這是一種慈悲而有智慧的拒絕。

---

[4] 大陸用語：万维网

四、牛刀小試

（一）聽力理解

1. 老闆，我要退件。

2. 我明明充了電，才用了一下子，手機竟然就沒電了！

3. 請問您對本公司的服務還滿意嗎？

參考答案：1.（D）　2.（D）　3.（D）

（二）詞語填空

參考答案：1.客訴　2.索賠，求償　3.新版　4.關機
　　　　　5.反應

（三）情境對話

1.ㄇ.我想要請問一些關於你們公司新產品的問題。

2.ㄅ.敝姓王，可以叫我王先生。

3.ㄈ.對，我明明充了電，才用一下子，竟然就沒電了。

4.ㄉ.對於我們讓您感到的不愉快，真的很抱歉。

5.ㄆ.可能是電池出了問題。

（四）閱讀測驗

參考答案：1.（C）　2.（D）　3.（A）

memo

Lesson 14

糾 紛 處
糾 紛[1] 處 理

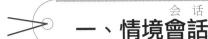

一、情境會話（会话）

情境一 ▶▶ MP3-40

班傑明和行銷[1]部陳經理（陈经理）一起在會議（会议）室接待❷法律顧問（顾问）❸何律師（师），諮詢（谘询）❹糾紛處（纠纷处）理的法律相關問題。

會話（会话）一

陳經理（陈经理）：何律師（师），您好！根據（据）之前給（给）您傳送（传送）❺的資料，想必❻您已經（经）初步❼了解（解）我們（们）公司與（与）客戶（户）之間發（间发）生的糾紛問題（纠纷问题）。因為協（为协）商無果（无果）❽，所以向您尋求（寻求）❾協（协）助。

何律師（师）：陳經理（陈经理），有關（关）貴（贵）公司遇到的這個問題（这个问题），我已經（经）做了功課（课）。這（这）是我整理過後（过后）的資料，請（请）您先過（过）目，看是否符合❿事實（实）？

陳經理（陈经理）：好的，我們（们）先看看。

何律師（师）：您請！

班傑明：何律師（师），請（请）先用茶。

何律師（师）：謝謝（谢谢）！

---

[1] 大陸用語：营销

陳經理：何律師，事實基本上就是這樣，但不知道該如何透過法律途徑解決這起糾紛？

何律師：陳經理，這種糾紛在買賣雙方中很常見。最經濟，也最方便、快速的和解⓫方式就是簽訂⓬仲裁⓭協議。我這裡有「商業仲裁」的相關資料，二位可以看看，先簡單了解一下，之後我再具體分析。

情境二 ▶ MP3-41

陳經理、班傑明看完「商業仲裁」的相關資料之後，同意何律師的提議，並就相關問題進一步諮詢。

會話二

陳經理：何律師，我們同意透過[2]商業仲裁的方式來解決此次糾紛，那具體作法是？

何律師：這要由第三方⓮出面，同時邀請 貴公司相關負責人和當事人⓯一起見個面，只要雙方達成⓰共識⓱，做成⓲書面⓳協議就可以了。

陳經理：事情如果能順利解決，那就太好了！不過，第三方要上哪裡去找？

2　大陸用語：通过

何律師：第三方只要是雙方當事人共同認可的就行，可以是律師，也可以是仲裁機構。

班傑明：那也就是說，如果由何律師出面⑳擔任㉑第三方就行啦₁！

何律師：只要另一方㉒當事人同意就行。所以，這還需要與另一方溝通。我想，這個問題可以由我出面來解決。

陳經理：麻煩何律師了！那今天咱們㉓就先到此為止，我讓班傑明開車送您回去，後續㉔事宜就交由₂您和班傑明來處理！

何律師：不客氣，幫助當事人盡早解決糾紛是我分內的事㉕。

班傑明：陳經理，那我先送何律師回律師事務所，後續事宜就由我代表公司出面處理。

陳經理：好！何律師，謝謝！咱們回頭再見㉖。

何律師：陳經理，再見！

二、生詞

正體字　詞性　漢語拼音　英譯　日譯

❶ 糾紛　n.　jiūfēn　dispute; issue　紛争、もめごと

例句 ▶▶ 這場客訴糾紛，最後是透過法律途徑解決。

❷ 接待　v.　jiēdài　to receive　接待する

例句 ▶▶ 明天來的貴賓很重要，必須要好好接待他們。

❸ 顧問　n.　gùwèn　consultant　顧問

例句 ▶▶ 這個問題我想必須要請教我們公司的顧問。

❹ 諮³詢　v.　zīxún　to consult　相談する

例句 ▶▶ 如果有法律上的相關問題，可以去找律師諮詢。

❺ 傳送　v.　chuánsòng　to send　送付する

例句 ▶▶ 你收到我傳送給你的檔案了嗎？

❻ 想必　adv.　xiǎngbì　presumably　きっと～だろう

例句 ▶▶ 他每天晚上都加班到很晚，想必睡眠時間一定很少。

❼ 初步　adv.　chūbù　initially; preliminarily; tentatively　初歩の、一応の

例句 ▶▶ 她因為不明原因昏倒，醫生初步判斷是工作過勞，詳細原因要等檢查報
告出來才會知道。

---

³　同「咨」。商量、詢問。

⑧ 無果 **v. wúguǒ** to no avail 成果がない

> 例句 ▶ 自從他喜歡上同部門的女同事後，就展開了瘋狂追求，但追求多年仍然**無果**。

⑨ 尋求 **v. xúnqiú** to seek; to pursue 求める

> 例句 ▶ 如果在新的職場遇到不懂的問題，不要害羞，可以向其他同事**尋求**幫助。

⑩ 符合 **v. fúhé** to conform to; to accord with 合致する

> 例句 ▶ 這份設計作品並不**符合**客戶的要求，必須重新修改。

⑪ 和解 **v. héjiě** to conciliate; to reconciliate 和解する、仲直りする

> 例句 ▶ 你們兩個**和解**吧！不要再吵架了。

⑫ 簽訂 **v. qiāndìng** to sign (a treaty or an agreement) 署名する

> 例句 ▶ 經過多次的協商，雙方終於**簽訂**了合約。

⑬ 仲裁 **n. zhòngcái** arbitration 仲裁

> 例句 ▶ 僱主和員工如果發生了勞資糾紛，可以向地方政府申請**仲裁**。

⑭ 第三方 **n. dìsānfāng** the third party 第三者、サードパーティ

> 例句 ▶ **第三方**支付指的是業者居中在買家與賣家之間收付款的交易方式。

⑮ 當事人 **n. dāngshìrén** client; concerned party or person 当事者

> 例句 ▶ 我們都不是這起事件的**當事人**，不了解事情的真相。

⑯ 達成 **v. dáchéng** to accomplish; to reach an agreement 達する、達成する

例句 ▶▶ 他終於達成 30 歲前存款 100 萬的目標。

⑰ 共識 **n. gòngshì** consensus コンセンサス

例句 ▶▶ 這次的創意料理比賽，評審們討論了很久才終於有了共識，選出冠軍。

⑱ 做成 **v. zuòchéng** to be made of つくり上げる

例句 ▶▶ 她每天上班帶的便當看起來很豐盛，其實都是用前一天晚餐的剩菜做成的。

⑲ 書面 **n. shūmiàn** written; in written form 書面

例句 ▶▶ 請在下週一前做好這次會議的書面紀錄。

⑳ 出面 **v. chūmiàn** to appear personally; to present oneself 表に出る

例句 ▶▶ 這次的案子，將由總經理親自出面與客戶談判。

㉑ 擔任 **v. dānrèn** to hold the position of; to be in charge of 担当する

例句 ▶▶ 她在一家電商公司擔任客戶服務部的經理。

㉒ 另一方 **n. lìngyìfāng** the other side 他方、もう一方

例句 ▶▶ 一對夫妻如果其中一方想離婚，另一方卻不同意的話，只能請求法院判決。

㉓ 咱們　**n.　zánmen**　we (including both speaker and listener)　我々、
私たち

例句▶▶ 這週末天氣不好，**咱們**下禮拜再去爬山吧！

㉔ 後續　**adj.　hòuxù**　follow-up　後続、続き

例句▶▶ 昨天晚上播出的電視劇真的非常精采，看完後非常想知道**後續**的劇情。

㉕ 分內的事　**phr.　fènnèi de shì**　one's duties　職務、本分

例句▶▶ 把工作做好是你**分內的事**，而不是工作沒做好又想管別人的事。

㉖ 回頭再見　**phr.　huítóu zàijiàn**　see you; goodbye　いずれまた会い
ましょう

例句▶▶ 今天的聚會非常愉快，我們**回頭再見**！

三、句型語法

1. 啦

說明：「啦」是「了」和「啊」融合的語氣詞，用於句末。可以表示說話人堅持的態度，或是表示親善輕鬆的態度。

Note: '啦' is the fusion of '了' and '啊'. When it is used at the end of a statement, it can signify that the speaker's attitude is insistent, or it can express a friendly and casual attitude.

說明：「啦」は「了」と「啊」の意味を含む終助詞である。文末に置かれ、話し手の主張、あるいは柔らかい態度を表す。

例句：

（1）多吃一點啦！別客氣！

（2）我想和大客戶簽約這麼重要的事，就交給你來辦啦！

造句：

（1）_____。

（2）_____。

2. Sth. + 交由 + Sb. + V. 。

說明：某事讓某人來做。

Note: This pattern means something is done by someone. '交由（jiāoyóu）' is
followed by the person in charge.

説明：あることをある人にさせる。まかせる。

例句：

（1）開完會後，老闆宣布開會的各項決議就交由各個部門去執行。

（2）通常民眾的日常糾紛都會交由警察來處理。

造句：

（1）_____。

（2）_____。

四、牛刀小試

（一）聽力理解

▶▶ MP3-42

說明：在這個部分，你會聽到一句話和（A）（B）（C）三個選項，請從選項中找出一個合適的回應來完成對話。

1. （ ） （A）好的。請何律師等一下，我們聽一聽是否有誤。

   （B）好的。請何律師稍等片刻，我們核對一下是否有誤。

   （C）好的。請何律師不要著急，我們核對一下是否有誤。

2. （ ） （A）第三方可以是律師，也可以是某一個仲裁機構。

   （B）第三方要經過對方當事人的認可，可以是仲裁機構，也可以是律師。

   （C）第三方只要是雙方當事人共同認可的就行，可以是律師，也可以是仲裁機構。

（二）詞語填空

說明：請把框框內的詞彙填入適當的句子中。

進展　機構　核對　途徑

1. 請何律師稍等片刻，我們＿＿＿＿＿＿一下是否有誤。

2. 何律師，事實基本就是這樣，但不知道該如何經由法律

　＿＿＿＿＿＿解決這起糾紛？

3. 如果事情真能＿＿＿＿＿＿地如此順利，那就太好了！

4. 第三方只要是雙方當事人共同認可的就行，可以是律師，也可

　以是仲裁＿＿＿＿＿＿。

（三）情境對話

說明：在這個部分，請根據對話內容，分別從以下四個選項中選擇
　　　最合適的回應來完成對話。

> ㄅ．謝謝！
>
> ㄆ．好。何律師，謝謝！咱們回頭再見。
>
> ㄇ．好的。請何律師稍等片刻，我們核對一下是否有誤。
>
> ㄈ．這個需要由第三方出面，同時邀請　貴公司相關負責人和當
> 　　事人一起見個面，只要意見協商一致，共同形成一個書面協
> 　　議就可以了。

1. A：陳經理，有關　貴公司遇到的這個問題，我已經有所準備。
　　　　這是我整理好的一份草案，請您先過目，看是否符合事實。

　　B：＿＿＿＿＿＿＿＿＿＿＿＿＿＿＿＿＿＿＿＿＿＿＿。

2. A：何律師，請先用茶。

　　B：＿＿＿＿＿＿＿＿＿＿＿＿＿＿＿＿＿＿＿＿＿＿＿。

3. A：何律師，我們同意透過商業仲裁的方式來解決此次糾紛，但
　　　　是不知道具體要怎麼操作呢？

　　B：＿＿＿＿＿＿＿＿＿＿＿＿＿＿＿＿＿＿＿＿＿＿＿。

4. A：陳經理，那我先送何律師回律師事務所，後續事宜就由我出
　　　　面代表公司處理。

　　B：＿＿＿＿＿＿＿＿＿＿＿＿＿＿＿＿＿＿＿＿＿＿＿。

（四）閱讀測驗

說明：請閱讀以下短文，並回答問題。

陳經理和班傑明在會議室接待了何律師，諮詢糾紛處理的相關問題。何律師在陳經理核對資料與事實無誤後，提議透過簽訂仲裁協議的方式來處理這起糾紛。陳經理和班傑明在看過何律師提供的有關商業仲裁的資料後，同意何律師的提議。最後由班傑明開車送何律師回律師事務所。

1. （　）陳經理和班傑明想要諮詢什麼問題？

（A）產品所有權問題

（B）糾紛處理問題

（C）賠償問題

2. （　）何律師提議透過什麼方式來處理糾紛？

（A）簽訂仲裁協議

（B）起訴

（C）賠錢

3. （　）陳經理是否同意何律師的提議？

（A）同意　　（B）不同意　　（C）還沒決定

（五）短文寫作

說明：請依以下提示，寫一篇約150字的短文。

你有沒有過與人發生衝突或產生糾紛的情況呢？你又是透過何種方法解決的呢？請你將有關事件寫下來。

題目：

作文：

五、學以致用

以下是先後發生的事件，請按照課文內容依序排列。

1. 接待何律師

2. 何律師提議

3. 送何律師回律師事務所

4. 諮詢何律師

5. 同意仲裁

六、文化錦囊

處理糾紛的技巧

　　如果在與人交往的過程中發生了糾紛，首先要盡量避免暴力衝突，其次也要注意不要跟人有正面的口角鬥爭，最好的處理方式就是雙方協商，和平解決。如果在不能達成一致意見的情況下，那麼就可以考慮向第三方求助，由中間人介入來調節兩方衝突。當然，在上述方法仍然起不了作用的情況下，可以考慮向法庭提起訴訟，藉助法律手段調節糾紛。

　　請分享一個你曾經遇過或聽過的糾紛，討論看看有沒有更好的解決方法。

四、牛刀小試

（一）聽力理解

1. 陳經理，有關 貴公司遇到的這個問題，我已經有所準備。這是我整理好的一份草案，請您先過目，看是否符合事實。

2. 如果事情真能進展地如此順利，那就太好了！不過，第三方要去哪裡找才合適呢？

參考答案：1.（B）　2.（C）

（二）詞語填空

參考答案：1. 核對　2. 途徑　3. 進展　4. 機構

（三）情境對話

1. ㄇ. 好的。請何律師稍等片刻，我們核對一下是否有誤。

2. ㄅ. 謝謝！

3. ㄈ. 這個需要由第三方出面，同時邀請 貴公司相關負責人和當事人一起見個面，只要意見協商一致，共同形成一個書面協議就可以了。

4. ㄆ. 好。何律師，謝謝！咱們回頭再見。

（四）閱讀測驗

參考答案：1.（B）　2.（A）　3.（A）

五、學以致用

參考答案：1 → 4 → 2 → 5 → 3

年終[1] 尾牙[2]

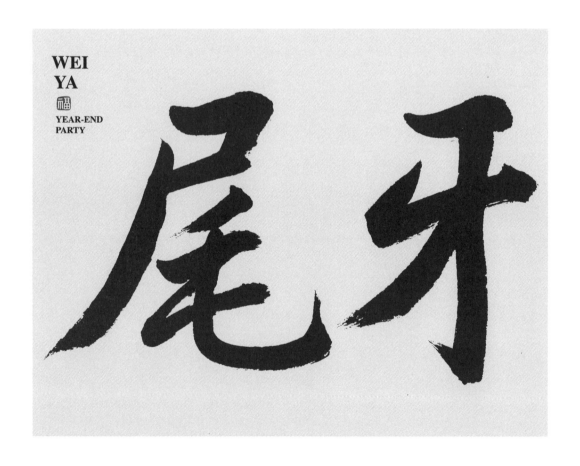

WEI
YA
YEAR-END
PARTY

一、情境會話

情境一　　　　　　　　　　　　　　　　　　　▶▶ MP3-43

晶碩公司在桂冠❸大酒店❹舉行年終尾牙活動,公司全體❺同仁參加。

會話一

- -

男主持人❻:各位晶碩公司的來賓,大家好!

公司全體同仁:好!

女主持人:我們很榮幸❼能擔任　貴公司今年尾牙的主持人,和大家
　　　　　一起共度❽良宵❾。

男主持人:在這裡,我們祝在場❿的各位身體健康,工作順利,萬事
　　　　　如意⓫!

女主持人:在晚會⓬開始之前,首先讓我們以熱烈⓭的掌聲⓮,有請
　　　　　余總為晚會致⓯開幕詞⓰。

(余總經理致完詞後)

男主持人:感謝余總為今晚的尾牙致詞,揭開⓱序幕⓲。恭⓳送余總
　　　　　先回位就坐。

女主持人：回顧❷過去，我們熱情洋溢❷；

男主持人：展望未來❷，我們鬥志❷昂揚❷！

女主持人：希望我們在接下來的一年裡張開騰飛❷的翅膀，

男主持人：向著更高的目標❷翔翔❷！

男女主持人：我宣布❷，晶碩公司年終尾牙晚會正式開始！

女主持人：今晚出席❷晚會的大家長除了余總外，還有品管[1]部的葉經理、工廠王廠長、市場部吳經理、行銷[2]部陳經理、研發部譚經理，掌聲歡迎他們的到來❸！

男主持人：今晚除了豐盛❸的晚宴、自編自演❸的節目之外，公司還會表揚❸並頒獎❸給過去一年中表現優秀的員工。

女主持人：此外，還有既₁刺激又₁令人興奮的抽獎❸活動。至於具體內容，稍後為大家揭曉❸！

男主持人：接下來是用餐時間，請大家盡情❸享用❸吧！

（音樂起……）

---

[1]　大陸用語：质管
[2]　大陸用語：营销

用餐到一個段落㊴，接著是節目表演、表揚優秀員工及抽獎。

會話二

班傑明：葉經理，今晚我大開眼界㊵了，沒想到公司的年終尾牙竟然
　　　　這麼盛大㊶！

葉經理：對呀！我們公司每年年終的時候都會舉辦這種活動，以此來
　　　　犒賞㊷大家過去一年的辛勞㊸，也同時迎接新一年的到來。

班傑明：而且還可以促進同事之間的情感㊹交流，很不錯！

葉經理：是的。小班，酒足飯飽㊺之後，你也上臺㊻表演一個，讓我
　　　　們瞧一瞧㊼你們德國人的風采㊽！

班傑明：好喔！葉經理，那我就恭敬不如從命了！

（一段歌舞㊾結束之後，輪到班傑明上臺表演，公司全體同仁鼓掌㊿
叫好51。）

同事甲：哇！班傑明，看不出來，你竟然能歌善舞52。

同事乙：這叫不鳴則已，一鳴驚人53嘛！

葉經理：小班，表現不錯呀！這種場合54就適合你們年輕人參加！

班傑明：葉經理過獎㊿了，我這只能說是班門弄斧㊌，還有很多地方要學習。

葉經理：小班，你真是個有為的青年啊！既謙盧㊍又懂得自我精進㊎，上進㊏！上進！

班傑明：謝謝經理誇獎。

同事丙：班傑明，等會兒就到大家最期待的抽獎環節了，要不要試試運氣，說不定₂還能抽到頭獎㊐呢！

班傑明：謝謝你！我也預祝各位今晚都能抽到大獎，過個好年。

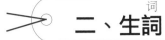

二、生詞[词]

正體字[体]　詞性[词]　漢語拼音[汉语]　英譯[译]　日譯[译]

❶ 年終[终]　n.　niánzhōng　the end of a year　年末

例句▶▶ 今年的年終[终]，我們家打算到日本滑[滑]雪。[们]

❷ 尾牙　n.　wěiyá　year-end party / banquet　忘年会

例句▶▶ 因為[为]疫情的關係[关系]，我們[们]公司取消了今年的尾牙。

❸ 桂冠　n.　guìguān　victory laurel; laurel (here is used as a hotel name)　月桂冠

例句▶▶ 桂冠是用桂葉[叶]和桂花編[编]成的帽子，是榮譽[荣誉]的象徵[征]。

❹ 大酒店　n.　dà jiǔdiàn　grand hotel　ホテル

例句▶▶ 那間[间]大酒店以溫[温]泉與[与]山林美景而聞[闻]名，想住還[还]得提前好幾個[几个]月預[预]定。

❺ 全體[体]　n.　quántǐ　all the staff; whole　全体、一同、全員

例句▶▶ 面對兇[对凶]猛的老虎，動[动]物園[园]的全體[体]人員[员]都要謹[谨]慎小心。

❻ 主持人　n.　zhǔchírén　compere; host; anchorperson　司会者

例句▶▶ 活動[动]的主持人在臺[台]上試著[试着]炒熱現場氣[热现场气]氛，卻換來[却换来]一陣尷尬[阵尴尬]。

❼ 榮幸[荣]　adj.　róngxìng　honored　光栄

例句▶▶ 受到老師[师]的讚[赞]美，使我深感榮[荣]幸。

❽ 共度 **v. gòngdù** to spend time together （時間、休暇などを）共に過ごす

> 例句▶ 我和男友在屏東海生館共度了一個美好的週末。

❾ 良宵 **n. liángxiāo** an enjoyable night よき夜、うるわしい夜

> 例句▶ 跨年夜，我和朋友一起喝酒倒數，共度良宵。

❿ 在場 **v. zàichǎng** to be present; to be on the scene その場にいる

> 例句▶ 公司失火時，沒有任何人在場，所以沒有人知道起火的原因是什麼。

⓫ 萬事如意 **idiom wànshì rúyì** May all go well with you. すべて思い通りになるように

> 例句▶ 新年快樂，祝大家今年萬事如意！

⓬ 晚會 **n. wǎnhuì** evening party 夜に開催されるパーティー

> 例句▶ 今天的晚會聚集了許多知名的大人物。

⓭ 熱烈 **adj. rèliè** warm; enthusiastic 熱烈

> 例句▶ 她的演講很精彩，獲得熱烈的掌聲。

⓮ 掌聲 **n. zhǎngshēng** applause; clapping hands 拍手

> 例句▶ 他精彩的表演結束後，全場掌聲不斷。

⓯ 致 **v. zhì** to deliver a speech 贈る

> 例句▶ 在致詞的最後，他提到他的父母，感動得流下眼淚。

⑯ 開幕詞（开幕词） **n. kāimùcí** opening speech オープニングのスピーチ

例句▶ 運動會的**開幕詞**，在校長說了半小時後才終於結束。

⑰ 揭開（揭开） **v. jiēkāi** to uncover; to open 開ける

例句▶ 下一集的節目將為您**揭開**埃及金字塔神祕的一面。

⑱ 序幕 **n. xùmù** prelude 序幕

例句▶ 這齣戲的**序幕**演完了，我們卻一點都看不懂。

⑲ 恭 **adv. gōng** respectfully; courteously 恭しく

例句▶ 活動的開始，我們**恭**請總經理為我們致詞。

⑳ 回顧（回顾） **v. huígù** to be in retrospect 過去を振りかえる

例句▶ 他從不**回顧**過去，他認為活著只要過好當下，這樣就夠了。

㉑ 熱情洋溢（热情洋溢） **phr. rèqíng yángyì** to brim with enthusiasm

情熱・熱情があふれる

例句▶ 這座小島上的人們**熱情洋溢**，觀光客來到這裡總是能留下難忘的好
印象。

㉒ 展望未來（展望未来） **phr. zhǎnwàng wèilái** to look forward to the future

未来を展望する

例句▶ **展望未來**，期望我們餐廳能發展得越來越好，顧客越來越多！

㉓ 鬥志（斗志） **n. dòuzhì** the will to fight 闘志

例句▶ 有了家人和朋友的支持，他鼓起**鬥志**，準備在下一場比賽拿到冠軍。

㉔ 昂揚 **adj.** **ángyáng** high-spirited 高揚する、（意気が）あがる

例句 ▶ 運動會開始前，比賽的選手們各個鬥志昂揚。

㉕ 騰飛 **adj.** **téngfēi** rapidly developing 急速に発展する、飛躍する

例句 ▶ 聚會上，我們祝叔叔新開的麵包店生意越來越好，事業騰飛。

㉖ 目標 **n.** **mùbiāo** goal; target 目標

例句 ▶ 既然已經定了目標要通過華語檢定，就要好好安排讀書計畫。

㉗ 翱翔 **v.** **áoxiáng** to soar; to hover 飛翔する

例句 ▶ 春天到了，鳥兒在空中翱翔，花朵在地上綻放。

㉘ 宣布 **v.** **xuānbù** to announce 宣言する、アナウンスする

例句 ▶ 經過一整天的比賽，主持人宣布這次的冠軍是白隊。

㉙ 出席 **v.** **chūxí** to attend 出席する

例句 ▶ 部長因為臨時有事，所以無法出席今天的會議了。

㉚ 到來 **v.** **dàolái** to arrive 到来する

例句 ▶ 颱風將在下週末到來，請大家提前做好防颱工作。

㉛ 豐盛 **adj.** **fēngshèng** rich; sumptuous 豊富

例句 ▶ 除夕夜時，全家人一起吃豐盛的團圓飯是華人的傳統。

㉜ 自編自演 **idiom** **zìbiān zìyǎn** Someone is both the actor and the director (of a play or a show) 自作自演

例句 ▶ 誰也想不到，這場戲竟是他自編自演的。

㉝ 表揚 **v. biǎoyáng** to commend 表彰する

例句 ▶ 小詹的業績長紅，經常被公司**表揚**。

㉞ 頒獎 **v. bānjiǎng** to award 賞を授与する

例句 ▶ 他對公司的貢獻及付出值得**頒獎**鼓勵。

㉟ 抽獎 **v. chōujiǎng** to draw a lottery or to raffle 抽選する

例句 ▶ 這次**抽獎**活動的頭獎是綠島三天兩夜雙人行。

㊱ 揭曉 **v. jiēxiǎo** to announce; to make known 発表する

例句 ▶ 隨著答案**揭曉**，小明的表情越來越難過。

㊲ 盡情 **adv. jìnqíng** to one's heart's content; as much as one likes
思いきり

例句 ▶ 學生在運動場上**盡情**跳舞，充滿活力。

㊳ 享用 **v. xiǎngyòng** to enjoy 楽しむ

例句 ▶ 休息室裡有許多點心飲料給員工**享用**。

㊴ 段落 **n. duànluò** (come to) the end of a phase 区切り

例句 ▶ 演唱到一個**段落**，突然有失控的粉絲衝到舞臺上想跟歌手接觸。

㊵ 大開眼界 **idiom dàkāiyǎnjiè** eye-opening （驚いて）目を開く

例句 ▶ 第一次參觀臺灣夜市的外國遊客常常覺得**大開眼界**。

㊶ 盛大 **adj. shèngdà** grand; magnificent 盛大

例句 ▶ 今年的元宵晚會，我們安排了一場**盛大**的煙火秀。

㊷ 犒賞 **v. kàoshǎng** to reward 褒賞を与える

例句 ▶ 看到全班同學為了排球比賽每天練習，老師決定好好**犒賞**大家。

㊸ 辛勞 **n. xīnláo** pains; toil 苦労

例句 ▶ 為了感謝爸媽照顧的**辛勞**，弟弟跟我買給他們一棟在臺北市區的三層樓房子。

㊹ 情感 **n. qínggǎn** feeling; affection 感情、心

例句 ▶ 這首歌的歌詞簡單，**情感**卻很豐富。

㊺ 酒足飯飽 **idiom jiǔzú fànbǎo** to have dined and wined to satiety
酒も食事も十分にいただいた、満腹になるまで食べた

例句 ▶ **酒足飯飽**後，大家開始聊起學生時代的趣事。

㊻ 上臺 **v. shàngtái** to go up onto the stage ステージに上がる

例句 ▶ 他在**上臺**表演之前緊張到連話都說不好。

㊼ 瞧一瞧 **v. qiáo yì qiáo** to take a look (casually) 見てみる

例句 ▶ 我們明天要去花市**瞧一瞧**，看有沒有適合送他的花。

㊽ 風采 **n. fēngcǎi** mien; elegant appearance 風采、樣子

例句 ▶ 她一身全白洋裝，**風采**迷人，一出現就成為晚會的焦點。

㊾ 歌舞 **n. gēwǔ** singing and dancing 歌と踊り

例句 ▶ 餐廳裡的**歌舞**表演讓賓客掌聲連連。

(50) 鼓掌 **v.** **gǔzhǎng** to applaud 拍手する

例句▸▸ 演奏結束後，全場聽眾都起立**鼓掌**叫好。

(51) 叫好 **v.** **jiàohǎo** to applaud; to cheer 喝采する

例句▸▸ 在她精采的魔術秀後，所有人都在為她**叫好**。

(52) 能歌善舞 **idiom** **nénggē shànwǔ** to be good at singing and dancing 歌も踊りもすぐれている

例句▸▸ 那位演員**能歌善舞**，非常受到大家喜愛。

(53) 不鳴則已，一鳴驚人 **idiom** **bùmíngzéyǐ, yìmíngjīngrén** It never rains but pours. 目立たない人がある機会にすぐれた面を見せ、皆が驚くことの喩え

例句▸▸ 你第一次寫小說就得獎了，真是**不鳴則已，一鳴驚人**。

(54) 場合 **n.** **chǎnghé** occasion 場合、場所

例句▸▸ 她這身打扮，很適合今天這個**場合**。

(55) 過獎 **v.** **guòjiǎng** to overpraise （謙遜して）褒めすぎである

例句▸▸ 謝謝，您**過獎**了，我還有很多進步的空間呢！

(56) 班門弄斧 **idiom** **bānmén nòngfǔ** to display one's slight skill before an expert 専門家の前で腕前を見せようとする。身の程知らず。

例句▸▸ 你敢在歌手面前說自己唱歌好聽，真是**班門弄斧**。

㊗ 謙虛 **adj.** **qiānxū** modest 謙虛

例句 ▶▶ 王同學是個謙虛的好孩子，怎麼可能會偷東西呢？

㊙ 精進 **v.** **jīngjìn** to be better; to make progress 精進する

例句 ▶▶ 你的繪畫技巧還有很多進步的空間，繼續精進自己吧！

㊉ 上進 **adj.** **shàngjìn** aspirant 向上する

例句 ▶▶ 他很上進，每天下課後還十分認真讀書。

㊀ 頭獎 **n.** **tóujiǎng** first prize 一等賞

例句 ▶▶ 他中了頭獎，得到一輛跑車。

三、句型語法

1. **既** + V. phr. + **又** + V. phr.。

說明：表示同時具有兩個方面的性質或情形，屬於書面的用法。「既」
　　　跟「又」的後面原則上是結構或音節數相同的詞。這個句型意思、
　　　用法，跟口語的「又……又」一樣。

Note: Just as '又 + v. phr. + 又 + v. phr.' is used in spoken Chinese, this pattern
is a written form of expressing that two features or two situations
coexist. The structure means 'both A and B' or 'doing both A and B', and
A and B are symmetrical in terms of syllables.

説明：同時に二つの性質もしくは状況であることを表す比較的フォー
　　　マルな表現である。「既」と「又」の後には、原則、文や音節
　　　の数が同一の語が置かれる。この文型は話しことばの「又……
　　　又」と同じ意味である。

例句：

（1）今年的尾牙，老闆特別大方，既給每個員工一個大紅包又送每人公
　　　司的股票。

（2）新冠肺炎疫情又再次變嚴重，公司員工既無心上班又擔心生活會陷
　　　入困境。

造句：

（1）＿＿＿＿＿＿＿＿＿＿＿＿＿＿＿＿＿＿＿＿＿＿＿＿＿＿＿。

（2）＿＿＿＿＿＿＿＿＿＿＿＿＿＿＿＿＿＿＿＿＿＿＿＿＿＿＿。

2. Subj. ＋ 說不定 ＋ V. phr. / 說不定 ＋ Subj. ＋ V.

說明：「說不定」表達說話者的猜測。

Note: '說不定' literally means 'cannot say for sure' and is used to indicate 'maybe' or 'possibly.'

說明：「說不定」は話し手の推量を表す。「たぶん」、「ひょっとしたら」。

例句：

（1）我們說不定明天就會去巴黎玩。

（2）這麼晚了，說不定他們已經睡了！

造句：

（1）＿＿＿＿＿＿＿＿＿＿＿＿＿＿＿＿＿＿＿＿＿＿＿＿＿＿＿＿。

（2）＿＿＿＿＿＿＿＿＿＿＿＿＿＿＿＿＿＿＿＿＿＿＿＿＿＿＿＿。

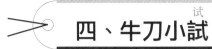

四、牛刀小試

（一）聽力理解

MP3-45

說明：在這個部分，你會聽到一句話和（A）（B）（C）三個選項，請從選項中找出一個合適的回應來完成對話。

1. （　）（A）謝謝總經理！這全都是您領導有方，咱們的業績才會這麼亮眼。

（B）總經理，酒別喝太多！會傷身的。

（C）謝謝總經理，您請坐，我給您準備上等酒菜，讓您嚐嚐。

2. （　）（A）對呀！這是我們公司每年都會舉辦的活動，以此來增強同事之間的感情。

（B）對呀！我們公司每年都會舉辦這種活動，算是給大家一個放鬆和娛樂的機會吧！

（C）對呀！我們公司每年年終的時候都會舉辦這種活動，以此來犒賞大家過去一年的辛苦，同時也算是迎接新一年的到來吧！

（二）詞語填空

說明：請把框框內的詞彙填入適當的句子中。

| 精彩　揭曉　目標　榮幸 |

1. 向著更高的＿＿＿＿＿＿翱翔！

2. 感謝余總＿＿＿＿＿＿的發言，恭送余總回位就坐。

3. 我們很＿＿＿＿＿＿能成為此次尾牙的主持人，和大家一起共
   度良宵。

4. 此外，還有既刺激又令人興奮的抽獎活動，至於具體內容稍後
   為大家＿＿＿＿＿＿！

（三）情境對話

說明：在這個部分，請根據對話內容，分別從以下四個選項中選擇
最合適的回應來完成句子或對話。

ㄅ. 謝謝經理誇獎。

ㄆ. 這叫不鳴則已，一鳴驚人嘛！

ㄇ. 謝謝董事長！我們也祝您新年快樂，公司的業務蒸蒸日上！

ㄈ. 哈哈～葉經理，那我就恭敬不如從命囉！

---

1. A：在這裡，我代表公司祝在場的各位身體健康，工作順利，萬
事如意！

B：＿＿＿＿＿＿＿＿＿＿＿＿＿＿＿＿＿。

2. A：小班，不斷追求上進，是個有為青年！

B：＿＿＿＿＿＿＿＿＿＿＿＿＿＿＿＿＿。

3. A：班傑明，看不出來，你竟然能歌善舞，太強了！

B：＿＿＿＿＿＿＿＿＿＿＿＿＿＿＿＿＿。

4. A：小班，酒足飯飽之後你也上臺表演一個呀，讓我們也瞧一瞧
你們德國人的風采！

B：＿＿＿＿＿＿＿＿＿＿＿＿＿＿＿＿＿。

（四）閱讀測驗

....

說明：請閱讀以下短文，並回答問題。

　　晶碩公司在桂冠大酒店舉辦年終尾牙活動，主持人為大家送上祝福之後有請余總致辭，接著宣布晚會活動正式開始。然後，主持人依序介紹與會領導並介紹晚會的活動流程：晚餐、節目表演、表揚並獎勵優秀員工、抽獎。班傑明在晚宴結束後上臺展示了個人才藝並參與抽獎活動。至此，年終尾牙活動順利結束。

1. （　）晶碩公司舉辦了一場什麼活動？

　　（A）週年慶

　　（B）年終尾牙

　　（C）產品展示會

2. （　）晚會的活動內容**不包括**下列哪一項？

　　（A）抽獎

　　（B）節目表演

　　（C）評比業績

3. （　）班傑明有沒有參與晚會活動？

　　（A）有　（B）沒有　（C）不知道

（五）短文寫作

說明：請依以下提示，寫一篇約150字的短文。

請以你所參加過的宴會或聚會為依據，寫下你的所見所聞和感想。

題目：

作文：

五、學以致用

以下是晚會的活動流程，請按照課文內容依序排列。

1. 主持人發言

2. 主持人宣布晚會正式開始

3. 領導致辭

4. 表演節目

5. 吃晚餐

6. 介紹與會領導

7. 抽獎

8. 表揚、獎勵優秀員工

六、文化錦囊

年終尾牙

「尾牙」源自每年農曆初二、十六拜土地公（福德正神）時，供桌上會擺上各種貢品，讓土地公「打牙祭」，稱為「做牙」，而最後的一次是農曆的12月16日，故被稱作「尾牙」。臺灣過「尾牙」盛行，是因為商家視土地公為財神，祈求財神保佑，希望來年生意興隆。財力雄厚的大公司所舉辦的「尾牙」十分盛大隆重，內容豐富多彩。這一天公司會宴請全體員工，以犒勞他們平日的辛苦。這就類似國外的「年終派對」（Year-end Party）或「年度派對」（Annual Party），一年只舉辦一次。而現在吃「尾牙」已經逐漸演變成公司年終的重要聚會，總結一年的工作，老闆宣布重要決定，甚至年終獎金的發放都在「尾牙宴」上進行。

四、牛刀小試

（一）聽力理解

1. 小傑啊！今年表現不錯喔！來！總經理敬你一杯！

2. 葉經理，今晚我是大開眼界了，沒想到公司的年終尾牙竟然這麼盛大！

參考答案：1.（A）　2.（C）

（二）詞語填空

參考答案：1. 目標　2. 精彩　3. 榮幸　4. 揭曉

（三）情境對話

1. ㄇ. 謝謝董事長！我們也祝您新年快樂，公司的業務蒸蒸日上！

2. ㄅ. 謝謝經理誇獎。

3. ㄆ. 這叫不鳴則已，一鳴驚人嘛！

4. ㄈ. 哈哈～葉經理，那我就恭敬不如從命囉！

（四）閱讀測驗

參考答案：1.（B）　2.（C）　3.（A）

五、學以致用

參考答案：1→3→2→6→5→4→8→7

memo

國家圖書館出版品預行編目資料

外國人必學商務華語（下）/ 國立臺中教育大學國際華語
文教材教法研究室團隊：服部明子、周靜琬、姚蘭、
張致苾、陳瑛琦、陳燕秋、趙鳳玫、歐秀慧、蔡喬育、
劉瑩編著
-- 初版 -- 臺北市：瑞蘭國際, 2023.02
176 面；19 x 26 公分 --（語文館系列；05）
ISBN：978-626-7274-05-7（平裝）
1.CST：漢語 2.CST：讀本

802.86   112000875

語文館 05

外國人必學商務華語（下）

編著者｜國立臺中教育大學國際華語文教材教法研究室團隊：服部明子、周靜琬、姚蘭、張致苾、
　　　　陳瑛琦、陳燕秋、趙鳳玫、歐秀慧、蔡喬育（通訊作者）、劉瑩（依姓名筆劃順序）
責任編輯｜葉仲芸、王愿琦 · 特約英文審訂｜蔡佩庭
校對｜服部明子、周靜琬、姚蘭、張致苾、陳瑛琦、陳燕秋、趙鳳玫、歐秀慧、
　　　蔡喬育、劉瑩、葉仲芸、王愿琦

華語錄音｜施秝湘、蔡喬育、譚誠明（依姓名筆劃順序）
錄音室｜采漾錄音製作有限公司
封面設計｜劉麗雪
版型設計、內文排版｜陳如琪

瑞蘭國際出版

董事長｜張暖彗 · 社長兼總編輯｜王愿琦
編輯部
副總編輯｜葉仲芸 · 主編｜潘治婷
設計部主任｜陳如琪
業務部
經理｜楊米琪 · 主任｜林湲洵 · 組長｜張毓庭

出版社｜瑞蘭國際有限公司 · 地址｜台北市大安區安和路一段 104 號 7 樓之一
電話｜(02)2700-4625 · 傳真｜(02)2700-4622 · 訂購專線｜(02)2700-4625
劃撥帳號｜19914152 瑞蘭國際有限公司
瑞蘭國際網路書城｜www.genki-japan.com.tw

法律顧問｜海灣國際法律事務所　呂錦峯律師

總經銷｜聯合發行股份有限公司 · 電話｜(02)2917-8022、2917-8042
傳真｜(02)2915-6275、2915-7212 · 印刷｜科億印刷股份有限公司
出版日期｜2023 年 02 月初版 1 刷 · 定價｜450 元 · ISBN｜978-626-7274-05-7